时尚

盆花养护

曾宋君/编著

福建科学技术出版社

盆栽花卉是指种植于盆中、可供观赏的植物，而时尚花卉是指现在流行的观赏植物。时尚盆花由于种植于盆中，家庭栽培应用不受地形、空间条件的制约，具有搬动方便、管理灵活的优点，同时可人为地调节温度、水肥、光照及土壤等环境条件，是家庭阳台绿化、室内外摆饰的一种较好栽培形式。

利用时尚盆花进行家庭装饰，不仅是一项单纯的环境美化过程，还可以净化空气、调节小环境温度，有益于家庭成员的身心健康，特别是在栽培过程中，能陶冶人们的情趣，培养人们热爱生活、热爱自然的情操。

本书由中国科学院华南植物园花卉专家曾宋君副研究员编著，主要介绍时尚盆花的家庭养护方法和常见时尚花卉品种，图文并茂，集科学性、知识性、实用性为一体，适合广大花卉爱好者参考使用。

目　录

时尚盆花的莳养管理

（一）栽培基质

一般说来，盆花的栽培基质必须具备两个基本条件：具有疏松、透气与保水排水的性能，能保证经常有充足的水分，但不会因积水导致根系腐烂；要求有足够的养分，持肥保肥能力强。目前，基质的种类多种多样，可根据不同的花卉品种及不同的栽培时期进行选择。

腐叶土　此基质含有大量的有机质，土质疏松，透气性能好，保水保肥能力强，质地轻，是优良的盆栽用土。它常与其他土壤混合使用，适于栽培绝大多数时尚花卉。

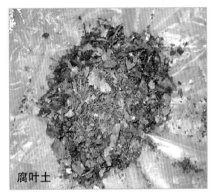
腐叶土

泥炭土　又称黑土、草炭，其中也含有大量的有机质，土质疏松，透水透气性能好，保水保肥能力较强，质地轻且无病害孢子和虫卵，是常用栽培基质。但泥炭土本身的肥力有限，在使用时可根据需要加入足够的氮磷钾和其他微量元素肥料。

园土　园土是经农作物耕作过的土壤。它一般含有较高的有机质，保水持肥能力较强，但往往有病害孢子和虫卵残留，使用时必须充分晒干，并将其敲成粒状，必要时进行土壤消毒。园土经常与其他基质混合使用。

泥炭土

河沙　河沙几乎不含有机养分，但透气排水性能好，清洁卫生。河沙可与其他较黏重土壤调配使用，以改善基质的排水透气性；也可作为播种、扦插繁殖的基质。

园土

河沙

泥炭藓、蕨根和蛇木　泥炭藓又称苔藓、水苔，它质地轻、透气与保水性能极佳。通常在使用前一天，将其泡在水中浸透。但它易腐烂，使用寿命短，一般 1~2 年即需更换新鲜的基质。

蕨根呈黑褐色，不易腐烂，可连续使用 3~4 年而不必换盆。使用前需将其剪切成 2~3 厘米长，并去掉泥土。可单独使用，也可与泥炭藓混合使用。

泥炭藓

桫椤的茎干和根常称作蛇木，质轻，经加工成板状或柱状，可作为蔓性或气根性（如洋兰）花卉的栽培材料。

泥炭藓、蕨根和蛇木作为栽培基质，既透气、排水又保湿，但养分少，必须注意补充，以保证植物正常生长。

蕨根

蛇木

树皮块　树皮块能够代替蕨根、泥炭藓、泥炭土作为附生性植物（如洋兰）的栽培基质。使用时将其破碎成块粒状，按不同直径分筛成数种规格，小颗粒的可与泥炭土混合，用于一般盆花的种植；大规格的用于栽植附生性植物。它们在使用前要用水浸泡 2~3 天。可持续使用 3~4 年而不用更换，非常适合洋兰的生长。

椰糠、锯末、稻壳　此类基质质地轻，透气、排水性能较好。可与泥炭土、园土等混合后作为盆花的基质。但对于一些植物，使用这类基质时要经适当腐熟。

树皮块

蛭石

碎砖块

珍珠岩和蛭石　此类基质系经高温处理而成，具有特强的保水与排水性能，不含任何肥分，多用于改善土壤的物理性状。

木炭、碎砖块、陶粒、火山石　木炭是栽培洋兰的良好基质，它具有良好的透气性、透水性和保湿性，也具有一定的肥力及吸附杂菌的能力。在栽培过程中常与碎砖块、树皮等混合使用。

碎砖块也是一种成本较低的洋兰栽培基质，由废弃的红砖敲碎而成。它具有经久不腐、透水与透气等优点，但保水性和肥力较差，需与木炭、蕨根、树皮等混合使用。新制的砖块需用水浸泡后才能使用，以防烧根。

陶粒与火山石均为多孔隙基质，具有透水、透气、保水等优点，但其固着力较差，易被水冲走，常与蕨根、树皮、泥炭藓等混合使用。

陶粒

火山石

煤渣　煤渣的透气排水能力强，无病虫残留。作为盆栽基质时，要经过粉碎过筛，并和其他培养土混合使用。

海绵、塑料泡沫　海绵具有良好的保水性和透气性，而塑料泡沫疏松、透水、质轻，其共同缺点是吸水性差、无肥力、不易固定。它们均适合洋兰生长，但由于其中不含任何养分，需定期喷施肥料，或与蕨根、树皮等混合使用。

（二）栽培容器

选择花盆时，既要考虑花盆的大小，又要考虑花与盆的协调，同时还要考虑各种盆具的质地、性能及其用途。常用的花盆有以下几类。

素烧盆　素烧盆即泥瓦盆，可分为红盆和灰盆2种。素烧盆透气排水性能良好，有利于植株生长，广泛用于小苗的培育与成苗的培养。其不足之处是表面粗糙不平，使用时应尽量采用小一些的盆，以便在室内陈列装饰时放置于略大一点的套盆内。

紫砂盆　紫砂盆上刻各种花草图案，式样多种，色彩调和，古朴雅致，比较适合作为摆设于室内台面的小型花卉品种用盆。这种盆的缺点是排水透气性能稍差，使用时必须选择适宜的花卉品种。

素烧盆

紫砂盆

塑胶盆　塑胶盆分为硬质塑胶盆和软质塑胶盆。硬质塑胶盆一般体积不大，轻便美观，色彩鲜艳，多用于观赏栽培；但其透气性较差，易老化，不宜作长期种植，一般在准备进入室内摆设时才使用，上盆时必须采

塑胶盆

釉盆

用疏松、透气排水性能良好的多孔隙基质。软质塑胶盆仅于育苗时使用。

釉盆　釉盆质地坚固，色彩华丽，但排水透气性能差，常作为成品的套盆使用。使用时要求选用疏松的栽培基质，否则植株生长不良。

花篮　有些洋兰（如万带兰）在栽培过程中根系必须完全裸露在空气中；此外，有些洋兰花序是向下生长的，因此这些花卉适宜于高盆栽培或花篮吊养。栽植时，应根据植株大小选择适当规格的花篮，先用少量的蕨根将兰苗的根部固定，特别粗大的根可以露在外面；放入花篮后，再填充一些蕨根、碎砖块等，将兰苗固定。花篮中放不下的粗壮根，可以从缝隙中伸出。如果是小苗，可带盆一起放在花篮中。

木盆　木盆主要用来盆栽组合观赏，这种盆内外表可漆以不同色彩，以提高使用寿命，且与植物色彩协调。

此外，还有供装饰用的各种套盆，如玻璃缸套盆、藤制品套具、不锈钢套具等，这类套盆美观大方，可增添多彩华丽的气氛。

花篮

木盆

（三）栽培管理方法

1. 上盆

时尚盆花的上盆时间多在春、夏、秋季，其中以春季最佳。上盆最好在早晚或阴天时进行，上盆的前一天要适当控制水分。

上盆时，根据所种植的品种、规格及用途选择合适的盆具，同时配置好种植基质。新购瓦盆需在使用前用水浸泡 1~2 天，以免新盆吸水强烈而损伤根须；使用旧花盆要将盆内外洗刷一遍，以防残留有虫害或病菌。

上盆时请注意几个环节：首先在花盆底部的排水孔上用两块碎瓦片盖成"人"字形，以利排水与通气；在碎瓦片上填入颗粒较大的土壤或煤渣，再铺上一层细土；然后将植株放入盆内中间位置，并使其根部向四周伸展，扶正后沿四周慢慢地加培养土；填到一半时用手微提植株后将基质轻轻压紧，接着继续加培养土到离盆口 2~3 厘米位置，并使培养土在盆面中形成中间高的曲面。将种植好的盆置于荫蔽处，避免阳光直射，并浇一次透水；在较荫蔽处养护 1~2 周后逐步移至正常养护区。在夏秋季，如果盆土较易干燥，可在盆底垫一个浅水盘，增加空气湿度。

有些花卉呈蔓性生长，且有气生根。这些植物除可用 3~5 株种于一盆作垂吊栽培外，也经常用攀附种植。攀附种植时应在盆中央埋一根柱状蛇木或一根竹（木、塑胶）棍，棍的四周包以棕皮、破旧遮阳网或泥炭藓作为支柱；在柱的四周种植 3~5 株小苗，并用小铁丝绑扎牵引，使植株藤蔓沿立柱四周攀附生长。用该方法种植时，要经常向立柱喷水，以利于气生根的攀扎和植株的快速生长。

2. 换盆

时尚盆花的换盆多在春、秋季，一般选在植株萌芽前或花后进行。

换盆前停水 1 天，让盆土稍干燥。换盆时用手轻敲盆壁，将花盆斜放，一手扶住花苗，一手用拇指从排水孔向前顶出土团，用工具削掉土团周边的浮土，剪去部分老根。应在新盆底层放上腐熟透的有机肥作基肥，基肥上再覆一层培养土，然后把植株栽入盆内，再从四周填入新土，用竹扦插入把土整实。随即浇足水，放到阴凉处养护到长出新根后，再移至有阳光处恢复正常管理。

洋兰由于采用的基质较为特别，换盆方法也有所区别。洋兰换盆时，首先将植株从盆中倒出，细心去掉旧的栽培材料，剪去腐烂的老根，用新基质包裹其根部后即可入盆；如果植株过大，可切分成 2~3 簇，每簇有 3~4 个假鳞茎，最好保持有 1 个新芽，再单独分盆栽植。

①植株生长过满

②倒出植株后去除老根

③用新基质包裹根部

④换盆后的新植株

石斛兰换盆步骤图

3. 光照调控

　　喜光的植物应放在靠窗口的位置，耐阴的植物可以放在远离窗口的位置。东西朝向的窗口，在夏季阳光会直射入室内，应用窗帘适当遮光，或将盆花布置在墙壁的反射光处。如果室内没有自然光，可采用日光灯补充光源。耐阴植物在室内摆设时，应经常注意转盆调整方向，避免因受光不均匀而使枝叶向一个方向生长；摆放一段时间后需将它移到阳台上养护一段时间，待其恢复生机后再移入室内。冬天一般在晴天中午将室内盆花搬到室外背风向阳处，接受数小时阳光照射后，晚上再搬入室内。

　　刚分株或在阴处长期生长的植株忌立即进行阳光直射。在栽培过程中，当叶片呈黄白色，说明光照过强；当植株生长细弱、弯斜，或虽然植株生长较高大，但不开花或开花少、花色暗淡，则表示光照不足。

4. 温度调控

大部分时尚盆花在25℃的室内生长发育较为良好。大部分热带、亚热带花卉在15℃以下时生长能力较弱，在5℃以下生长基本停止，在0℃以下时有些植物就会被冻死。此类花卉可以采用下列方法栽培：对耐寒力差的品种必要时集中于有增温保温措施的场所，以避免寒风的侵袭，使其避过低温期；依据秋末温度的变化，在秋冬之交温度逐渐降低时，让植株对低温有一适应过程，以提高其耐寒能力；在冬季低温期，应严格控制水分，不施肥、少施肥或增施磷钾肥，以提高其抗寒能力。

5. 浇水和湿度调控

（1）根据不同品种制定浇水量和浇水方式

需水分多的植物（如天南星科大多数品种），一般在盆土开始变干时就必须及时浇水。

蔓性藤本类叶片多、叶面滑，并有气生根，其生长季节需水量大，除了盆土浇水外，还需注意向叶面喷水，以保持较高的空气湿度，保证叶片色泽正常。

凤梨类，其莲座状叶丛排列为水塔状，在生长季节必须经常向叶丛内灌水。

沙漠玫瑰、荷兰铁等植物，其植株本身保水、蓄水能力较强，并且叶片革质较厚，叶面水分蒸发较少。这类植物浇水量不必太多，只要保持土壤湿润即可，太多的水分往往还易引起烂根。

一些竹芋类观叶植物，叶片茂密且较大，缺水时易出现叶片卷起、叶尖枯焦等不良症状，生长旺季应提供较大量水分，但其肉质根茎又不太适应过

浸盆浇水

①用喷壶喷水

②用湿布擦去灰尘

叶面喷水

湿的土壤，故需要经常向叶面喷水，保持较高的空气湿度。

一些叶面柔软多毛的品种，如虎舌红、非洲紫罗兰、大岩桐等，叶面喷水有时会导致此类叶片腐烂，应从植株的根部浇注，以满足其生长需要。

大部分洋兰品种对湿度的要求较高，在生长旺盛期内每天应用水进行喷雾以利于植株生长。兰科植物上盆后一两天内一般不浇水，否则易引起烂根，但可进行叶面喷水以保持一定的湿度。

浇水通常用喷壶或水瓢。不要把胶皮管接到自来水龙头上用水管浇水，这样不容易控制浇水量，水温又低，还会把盆土冲走。每次的浇水量以盆栽材料刚好全部湿透、有少量水从盆底孔流出为宜。

总之，浇水基本原则是"见干才浇，浇则浇透"。

（2）根据不同季节制定浇水量

大部分花卉在生长期需要消耗较多的水分，且此时气温较高，必须适时补充水分。一般盆栽花卉春季隔3~4天浇一次水，夏季每天早晚各浇一次水，秋季2~3天浇一次水，冬季可以5~7天或更长时间浇一次水。

每次浇水都必须浇透，让多余的水从盆底流出。要避免浇半截水，否则极易引起上层根系腐烂、中下层根系枯死，上湿下干的交界处也易形成板结层，影响植株生长，甚至导致植株死亡。

（3）浇水时应注意水质和水温

浇花用水最好是微酸性或中性的水。积存一些雨水用于浇灌比较好，雪水、河水、井水也可以使用；自来水含氯较多，水温也偏低，不宜直接使用，应先贮存1~2天。

浇水时，水温和盆土温（气温）不宜相差太大。一般说来，适于浇花的水温，冬季可比土温偏高几度，夏季可比土温偏低几度，春秋季则与土温接近或相当最好。

6. 施肥

（1）肥料种类

肥料按性质可分为有机肥、无机肥，按形态可分为固体肥、液体肥。

有机肥包括人粪尿、畜禽粪、各种饼肥、骨粉等。有机肥通常含有植物需要的各种营养元素和丰富的有机质，肥效大多较慢而持久。

无机肥即化肥，主要有氮肥、磷肥、钾肥及微量元素肥料。通常每种化肥只含有一种或两种肥料成分。化肥的肥效强而快，施用时要掌握好浓度，如不小心容易造成肥

长效固体肥

害。化肥既可单独使用，也可几种配合使用。另外，要根据花卉需要随时调节氮、磷、钾三要素的比例。

市场上出售的片肥、棒肥或球形的肥料均属固体肥，通常由氮磷钾及多种微量元素组成。使用时可以在花卉的盆面远离新芽的基质上放上几粒，浇水后肥料可以慢慢地释放出来。

液体肥是指加水发酵后的农家肥或加水溶解的化肥，农家肥多不在室内栽培中使用。

（2）按需施肥

时尚盆花在种植时一般都须施足基肥，基肥大多采用经发酵的有机肥；生长期中还应进行追肥，追肥可采用速效的有机肥或无机肥。目前，根据花卉对各种营养元素的需求，已生产有各种缓效性的花肥或颗粒状的裹衣肥料，其中含有花卉生长的各种元素，肥效持久、使用方便而卫生，在室内栽培中广泛使用。

盆面追肥

此外，观叶植物需要较多的氮肥。如果氮肥缺乏，叶面就会失去光泽；但施用氮肥过多，也会引起植株徒长、生长衰弱，且不利于一些斑叶性状的稳定。磷钾肥也是观叶植物必不可少的，必须配合施用。

（3）施肥方法

施肥要掌握适时、适当、适量的原则，根据各个品种的需肥特点，把握施肥时期、施肥次数、施肥量。施肥方法除了固体肥料埋施外，其他肥料大多可采用浇施或叶面喷洒。液体肥用水稀释的浓度依施肥次数而定，在生长旺盛时期可多施肥。在冬季或休眠期一般不施肥或每2~3个月施一次肥，多在冬季来临前施用，且以磷钾肥为主，以增强植株抗寒能力。新种植或换盆的，一定要等到成活后才能施肥。

7. 通风与防风

大多数花卉喜欢流动而新鲜的空气，怕闷热，家养时要定期打开东南窗通风。夏季通风不良时，植株生长瘦弱，易得叶枯病、叶腐病等；同时，在室内长久摆放的植物还会受到煤气、氟气等的危害，室内空气过高的含尘量也会影响植物生长。在夜间，室内花卉较多时应将一些盆花移到室外，特别是一些对花粉过敏的主人，更应在夜间把盆花移至室外。

当盆花从室内移到阳台或室外时，要放在背风处或及时设置防风障。如室外有大风时，应将盆花及时移到室内以防止花、叶、植株受到伤害。盆花不应放在窗台通风口处，以免风速过大，影响其水分的吸收与蒸腾。

时尚盆花的繁殖

（一）播种繁殖

种子的选择　应选取颗粒饱满、新鲜、无病虫害的种子，有些品种（如鹤望兰）播种前还必须用温水浸种。

播种期　一年生的多在春季播种，二年生的多在秋季播种，多年生的多在晚秋播种。一些生长期短的花卉则可分批播种，使花期得以延长。

播种土　播种土宜选用疏松、排水良好和无污染的沙质土，或用腐叶土、园土、河沙等混合配制，也可仅用河沙。或用旧盆花的培养土，先用筛把杂质清理一遍，放在阳光下曝晒消毒几天，掺上些疏松透气的基质后使用。播种时不宜施基肥，以免引起种子腐烂。

播种方法　可采用大花盆或浅木箱来播种，视种子的颗粒大小分有撒播、条播和点播操作法。

①成熟的果实

播种后的管理　播种后的浇水很重要，要经常保持土壤湿润适度，以防干死和涝死。小粒或微粒种子一般采用盆底浸水法浇水。在出苗前则尽量少浇水，如要浇水最好是在日落后用喷壶喷水。

分苗前苗床土要干湿适中，用竹扦或小铲将苗带土轻轻移至准备好的花盆中，先置

②采下果实晾干

③剥去种皮后播于湿沙中

朱砂根播种

于半阴处养护 2~3 天，待小苗定根后再进行正常管理。苗期浇水宜少不宜多，不干不浇，浇则浇透；根据植株长势，每 10~15 天施 1 次有机肥水；每月用 50% 多菌灵可湿性粉剂 1000 倍液喷雾 1~2 次，可预防小苗期常见的立枯病及猝倒病的发生。

（二）扦插繁殖

1. 扦插时间

扦插在早春和夏末进行为佳，也可选择在该种植物生长最旺盛之时。一般而言，多数扦插苗在 20~25℃ 的温度下，空气相对湿度在 70%~80% 时较易发根。

2. 扦插基质

理想的扦插基质应既能经常保持湿润，又能透气。常用的生根基质有珍珠岩、蛭石、河沙等，家庭扦插只用干净的河沙比较方便。扦插深度为插穗长的 1/3~1/2，先用竹枝在基质上插孔，再把插穗插入孔眼内，顺手按实或浇水时使孔眼充实。基质的含水量一般应控制在 50%~60%。扦插初期提供较高的基质湿度和空气湿度有利于生根，但随后应适当降低湿度，以防止插穗腐烂。

3. 扦插方法

枝插法　可分为软枝扦插和硬枝扦插。软枝扦插适用于多年生草本花卉；硬枝扦插是利用已生长成熟的枝条或茎干进行扦插。扦插时将植物的茎或蔓切成带节的茎段，每段截成 6~10 厘米，带 2~3 个节，也可带顶芽，除去下位的叶，并剪去上位叶片的 1/3~1/2，以减少水分的蒸发，然后将茎段直接插于插床中。

①剪取枝条

②插条留 2~3 片叶

③扦插

枝插法

叶插法　一些花卉叶片容易生根，可人为地制造伤口，促其生根形成一株新苗。操作时选取健壮的叶片，把叶柄直接插入素沙中，或将其叶片切去一半后再斜立于沙面；或在叶背上用刀片划 1~2 个伤口，剪去叶柄，把它平铺在插床上，用工具固定使叶背与沙面紧密接触；适当遮阴、喷水，在 20~25℃的适温下，约 30 天就可长出幼苗。此法适用于非洲紫罗兰、大岩桐等肉质草本花卉的繁殖。

①剪取叶片　②用于全叶扦插的叶片　③用于半叶扦插的叶片　④插于河沙中

非洲紫罗兰叶插

叶芽插　腋芽尚未萌动时，将叶片连同小段枝条一同剪下，浅插入湿润的素沙中，使腋芽的尖端露出沙面。当叶柄基部的伤口发出新根后，就会促使腋芽萌动而形成新苗。

①假鳞茎　②切段　③扦插

石斛兰叶芽插

　　根插法　有些植物可利用植株地下部呈棒状的根茎作为扦插材料。扦插可在翻土换盆时进行，将根茎切成长 2~3 厘米，待切口稍微晾干后斜插于插床或埋入盆中，上覆盖 1~2 厘米厚的基质，保持湿润，使其生根发芽。

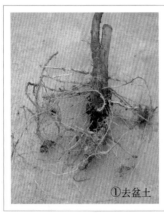
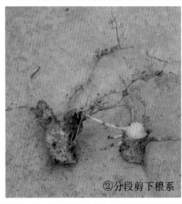

①去盆土　②分段剪下根系　③上盆、填土

根插法

　　水插法　选一个深色玻璃瓶，盛上清水；剪取健壮的带柄叶片，把叶柄部分插浸入水中 2~3 厘米，稍见散射光照，每 2~3 天换水一次，20 天左右生根，此时小叶片也开始萌发。待根系长到一定数量时，即可移出上盆。适合水插的花卉有天竺葵、非洲紫罗兰等。

①选取枝条　②直接插入水中

水插法

4. 扦插后的管理

　　插后必须保持插床较高的温湿度，并注意适当遮阴。待生根后逐渐减少喷水量，降低湿度，增加必要的光照，从而保证繁殖苗的健壮。

（三）分株繁殖

　　分株繁殖是盆花家庭繁殖的主要方法之一，适用于一些可产生丛生芽的种类，特别是茎节上能长出小植株的种类。

　　分株繁殖以春秋季结合换盆时进行效果好。操作时，将母株从盆内倒出，抖去部分旧的培养土，露出新芽和根蘖根系，用利刀将植株分割为若干小丛，分别进行种植。切割时应顺着根系的走向，尽量少伤根。植株分切后应立即上盆，浇足水，并置于较荫蔽湿润的环境养

①母株　　②除去老根　　③分切子株　　④上盆

石斛兰分株繁殖

护一段时间，待其根系恢复正常后转入常规的栽培管理。

有些花卉如凤梨、竹芋等，在植株基部或走茎上能萌生基芽、子芽，分株时将其分切直接上盆，生根后即可形成新的植株；球根花卉多用分栽子球或分切带芽的新块茎进行繁殖。

（四）高压繁殖

有些木本花卉不易扦插生根，可采用高压繁殖。此法可在春夏秋季进行。高压时，用利刀在选定的枝条和茎部韧皮部做环状剥皮，待切口干燥愈合后，用潮湿的泥炭藓、泥炭土或黏土、泥炭藓混合物包住伤口，外面用塑料薄膜包扎，并捆紧上下两端，经 1~2 个月即可生根。待生根完好时将压条剪下，去掉薄膜即可另行种植。

（五）嫁接繁殖

芽接法　最常见的是"T"形芽接。芽接时，先在砧木基部选光滑的部位，用芽接刀割开一个"T"形开口，把树皮剥起；把接穗枝条叶片剪下，留下叶柄，用芽接刀以芽为中心削成长 1~2 厘米带皮的盾形芽片，削下后再用手轻轻将木质部去掉；将芽片嵌入砧木的"T"形口中。芽片必须与砧木的木质部紧紧贴好，再用塑料薄膜条将接口捆好，只露出接穗的芽点和叶柄。接后 3~5 天检查接穗是否成活，芽成活后即可将砧木上部剪去。

①切开砧木皮层

靠接法　选双方粗细相近且平滑的枝干，各削去枝粗的 1/3~1/2，削面长 3~5 厘米；将双方切口形成层对齐，用塑料薄膜条扎紧；待接口愈合成活后，剪断接口部的接穗母株枝条，并剪掉砧木的上部，即成新植株。

②将芽包入切口

③用胶带绑紧切口，露出芽体

"T"形芽接

时尚盆花病虫害防治

（一）主要虫害

介壳虫　　介壳虫主要寄生在幼嫩茎叶上，呈白粉状。危害时轻者使该器官变黄老化，重则出现枯枝、落叶，直到全株死亡。介壳虫侵害后的伤口极易感染病毒，其分泌物易招致黑霉菌的发生。家养以预防为主，在购买花卉时要保证种苗无介壳虫；日常管理应特别注意环境通风，避免过分潮湿。有少量介壳虫时，可用软刷轻轻刷除虫体，再用水冲洗干净。采用40%乐果乳油1000倍液，或50%敌百虫可溶性粉剂250倍液防治，一般喷洒1~3次，每次间隔7~10天效果较好。

蚜虫　　蚜虫主要吸取新芽和叶片上汁液，常造成叶片变形、皱缩、卷起；同时其分泌物易诱发煤污病。虫害少量发生时可用挤压或用毛笔蘸水刷掉，然后再用水冲洗干净；也可用烟草水（50倍液）、肥皂水连续涂抹数次。药物防治可用2.5%鱼藤精乳油800~1000倍液、40%乐果乳油2000倍液、3%天然除虫菊酯乳油1000倍液。

红蜘蛛　　红蜘蛛体积小，红褐色。能引起植株代谢失调，使叶片发生黄白色小斑，进而呈灰白色，叶面失去光泽，乃至叶片枯焦或脱落。虫害少量发生时可摘除感染严重的叶片，用水冲洗叶片；保持环境通风、降低温度、叶片经常喷水可控制红蜘蛛繁衍。药物防治可采用40%三氯杀螨醇乳油1000倍液，或40%乐果乳油

介壳虫

蚜虫

1000 倍液，每隔 5~7 天一次，连续 2~3 次。还可采用 2.5% 鱼藤精乳油 600 倍液加 1% 洗衣粉喷杀。药物交替使用效果较好。

粉虱　虫体较小，全身有白色粉状蜡质物。粉虱在通风不良和干燥的环境中易发生。为害时使叶片枯黄，常造成煤污并发生褐腐病，甚至引起整株死亡。　粉虱繁殖力强，在短时间内可形成庞大的数量。进行药物防治时以若虫期较佳，常用 2.5% 溴氰菊酯乳油、20% 速灭杀丁乳油 2000 倍液，效果较好。

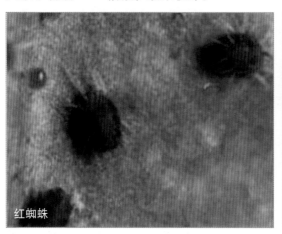

红蜘蛛

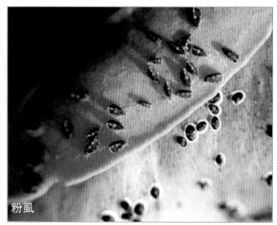

粉虱

线虫、蛴螬　这类害虫主要在地下咬食植物的根、嫩茎，造成根茎腐烂、植株死亡。如线虫危害兰株时，有时会使根部出现串珠状结节或小瘤，引起植株生长不良，叶色发黄，叶数量减少，甚至死亡。防治时首先要清除病原，轻者要剪去病根、病叶，严重时要烧毁整株植株，土壤要用 40% 乐果乳油 1000 倍液浇灌。

蜗牛、蛞蝓　软体动物，每年均发生一代。白天多藏在无光、潮湿的地方，夜间出来活动，特别是在大雨过后的凌晨或傍晚出

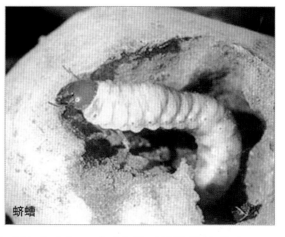

蛴螬

来啃食植株的幼根、嫩叶与花朵，使植株枝叶残缺或死亡。平时应及时清除枯枝败叶，一旦发现就对其进行人工捕杀，或采用毒饵诱杀，可用灭螺力或麸皮拌以敌百虫等撒在它们经常活动的地方；也可在植株周围、台架及花盆上喷洒敌百虫、溴氰菊酯等，或在根际周围泼浇茶籽饼水、饱和食盐水，或在基质表面撒上 8% 灭蜗灵颗粒剂、生石灰等；傍晚前在植株周围放数碟啤酒，翌晨能看到蛞蝓醉死在碟内。

蜗牛

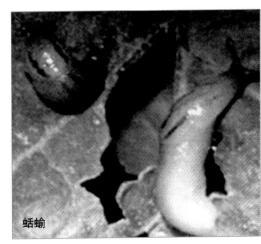

蛞蝓

（二）主要病害

炭疽病　该病常侵害叶片、茎干的幼嫩部分。发病初时，在叶面上出现若干淡黄色、黑褐色或淡灰色的小区，内有许多黑色斑点；当黑色病斑发展时，周围组织变成黄色或灰绿色，下陷；发生严重时叶片枯死，受害部位腐烂。夏季多雨季节，在湿度高、通风差的室内发病较严重。家养时应创造通风透光的环境条件，合理施肥，不偏施氮肥，增施磷钾肥。发病时要剪去受感染的器官，并用50%多菌灵可湿性粉剂800倍液、70%甲基托布津可湿性粉剂1000倍液喷杀。在发病前用65%代森锌可湿性粉剂600~800倍液、或75%百菌清可湿性粉剂800倍液、或75%百菌清可湿性粉剂800倍液加0.2%洗衣粉喷布预防。

炭疽病

褐斑病　该病在较高温度下容易发生，通过伤口传染，发病迅速。侵害叶片时，叶上形成圆形或近圆病斑，病斑长大后边缘黑褐色，中心灰黑色，并生有黑色小点，发生严重时病斑相连、全叶枯萎。应及时剪除、烧毁病叶，改善通风透光等栽培条件；根据发病情况，可用70%甲基托布津可湿性粉剂、50%多菌灵可湿性粉剂1000倍液或65%代森锌可湿性粉剂800~1000倍液喷施防治。也可用0.1%高锰酸钾溶液浸泡植株5分钟，洗净凉干后再行种植。

褐斑病

白绢病　多发生于高温多雨季节，主要危害草本花卉。病菌主要破坏植株基部，并感染幼叶和根部。植株受感染时先在茎基部出现黄色至淡褐色的流水状病斑，不久即产生白色菌丝，并在其根际土壤表面及茎基部蔓延。白绢病发生时，受害植株的叶片先呈黄色，然后逐渐枯萎死亡。一旦发生此病，应立即剪去病茎，并将植株浸于1%硫酸铜溶液中消毒，盆土用50%多菌灵可湿性粉剂进行消毒，也可用65%代森锌可湿性粉剂500~1000倍液喷洒根际土壤，控制病害蔓延。

白绢病

叶枯病　一般从叶尖或叶片前端开始发病，发病初期在叶尖上产生褐色小斑点，然后斑点扩大为灰褐色的病斑，中间成灰褐色，并有小黑点。严重时相邻病斑融合成大病斑，最后叶枯脱落。高温、冷害、日灼、药害、营养失调等均会加重叶枯病病情。发病初期时应及时摘去病叶集中烧毁，并喷洒75%百菌清可湿性粉剂600倍液、或80%代森锰锌可湿性粉剂500倍液、或50%扑海因可湿性粉剂1500倍液防治，隔10天左右一次，连续喷2~3次。已发病的植株要暂停浇水。

基腐病　该病在中、高湿环境中易发生，病菌从根部侵入并向上发展，产生毒素，引起植株枯萎死亡。本病无特效药。家养时应注意通风和光照，加强植株的抵抗力，防止病害的发生。发病时应先除去病叶，再用75%百菌清可溶性粉剂600倍液、或45%代森铵可溶性粉剂500~700倍液喷洒或浸泡，也可用1%波尔多液、70%甲基托布津1000倍液喷布防治。

叶枯病

基腐病

软腐病 病害在高温多湿时易发生，我国南部地区发病较为严重。该病可通过土壤传染，也可从移植及管理作业中产生的伤口及害虫食痕处侵染，还可随雨水或浇水传播。家养时应避免植株叶片组织受伤破损，同时注意减少或避免使用叶面喷水。一旦发病应及时将病叶剪除，伤口用波尔多液涂抹；也可用 0.5% 波尔多液或浓度为 200 毫克/升农用链霉素或甲基多硫磷等喷杀。

软腐病

叶腐病 主要感染洋兰等植物的叶片，受害叶片初期呈黄色水渍状，病斑逐渐变为黑色、下陷，最后可导致整个叶片腐烂、脱落。防治方法可参考软腐病。

花叶病 受害病症是叶脉间生褐色的条斑，后呈条纹状花叶。花叶症状在新叶上明显。病毒感染大约 3 周后，新芽会出现不规则的黄色斑点，并随着叶的长大而愈来愈明显，进而发展成褐色或灰褐色的坏死斑。发病时要及时清除、烧毁病株，并用药水对用具进行消毒。效果较好的消毒液有：2%福尔马林和2%

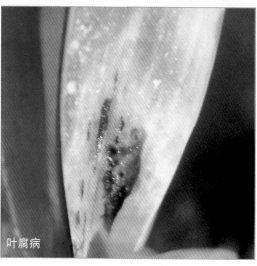

叶腐病

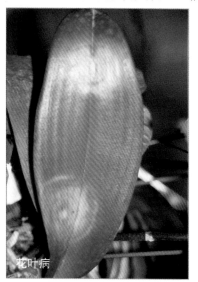

花叶病

氢氧化钠溶液，164 克无水的或 377 克含结晶水的磷酸三钠加 1 升水的溶液。

总之，时尚盆花在病虫害防治上要贯彻"预防为主，防治结合"的原则。从花市购买花卉或种苗时，要经过检验确定无病虫害，并在一定时期内对其进行隔离种植。种植前要认真消毒，一旦发现有危害性较大的病虫害时，应立即销毁植株。在引进种苗时最好不带种植基质。莳养时要努力提高栽培管理技术，改善栽培环境条件，经常清除杂草异物，修剪掉黄叶、枯叶及病叶。一旦发生病虫危害，则要本着"治早、治小、治了"的原则，采取一切措施及时加以防治。

常见品种养护

（一）蝴蝶兰

蝴蝶兰又称蝶兰，被誉为"兰花皇后"。近年来市场上极为流行的千姿百态、花大色艳的蝴蝶兰多为园艺杂交种，其花色丰富、花形丰满优美，生长势强，耐旱也耐阴，花期可长达数月。

时尚花语

飞来幸福、欢乐喜悦、使命。

选购要点

可选择自己喜欢的花色。花枝上有 7~8 朵花时，以盛开 3~4 朵最好，未开花朵的花苞应有生机。干缩的花苞一般不能开花，多因为赶季节开花，过度加温所致。

蝴蝶兰

养护诀窍

大多数蝴蝶兰品种开花后能继续种植。蝴蝶兰喜温暖、湿润、通风良好的半阴环境，生长适温 20~28℃，花芽分化在 20℃以下，低于 10℃易产生冻害，32℃以上会使其进入半休眠状态并影响将来花芽的分化。忌阳光直射，种植时多放在室内散射光较强的地方。栽培基质必须疏松、透水和透气，生产上常用泥炭藓，家庭中可换用蕨根、树皮、椰壳、火山石等。生长季节每天需浇水一次。施肥一般采用薄肥多施原则，在幼苗期与生长旺盛期施含氮高的肥料（如尿素），花芽形成期至开花期前应施含磷钾高的肥料（如磷酸二氢钾），开花期不施肥，花后施复合肥较好。家养易受介壳虫和软腐病危害。

蝴蝶兰的花序长、花朵大，往往不能直立，当花芽长出后，可用铁丝等作支架固定并做成各种造型。

主要采用分株繁殖。每年花谢后，将母株上带有 2~3 条气生根、2~3 叶的子芽切下种植。分株可在花后结合换盆进行。

花叶蝴蝶兰

观赏指南

蝴蝶兰主要观赏部位为美丽的花朵，无花时青翠而硕大的叶片也十分迷人，盆栽摆放显得气派豪华。

蝴蝶兰组合盆栽

（二）大花蕙兰

大花蕙兰又称东亚兰、虎头兰。按生长习性可分为常规种和高寒种，高寒种多为大花型；从外型上看分为直立型和垂花型。

时尚花语

高贵祥和。

选购要点

大花种多为高寒种，需要有一个相当低的温度才能诱导花芽分化，家养一般不会再开花。如果需要观花后继续种植观赏，多选择小花型或中花型大花蕙兰。春节时可选择花枝上有一半左右的花朵盛开的较好。

养护诀窍

大花蕙兰喜冬温夏凉、强散射光环境，生长适温25~30℃，越冬温度最好在10℃以上，有些品种在花芽分化期夜温必须在10~14℃。光线不足则开花少或不开花；夏秋季应适当遮光，光线太强会引起大花蕙兰日灼病。如果不抹芽，营养生长过强时也不会开花。栽培基质必须疏松、透水和透气，常用碎砖块、树皮、陶粒、椰壳等混合种植，2~3年换盆一次。春

直立型大花蕙兰

季生长旺盛，要求有充足的水分和较高的空气湿度；冬季大花蕙兰处于花芽形成的相对休眠期，减少浇水有利于花芽分化。在春夏秋三季，每周施一次液体肥，可用氮、磷、钾复合肥叶面喷洒或根部浇施；在生长季节还应在盆面不同部位每隔1~2个月放一些经过发酵的固体肥料或固体长效肥，也有利于植株生长和开花。

垂花蕙兰

栽培过程中应特别注意防止介壳虫、蜗牛和叶枯病的危害。

常采用分株繁殖，多在开花后的休眠期进行。

观赏指南

大花蕙兰花朵硕大，叶片似国兰。有些种类既具有国兰的幽香典雅，又有洋兰的花大色艳，是年宵花卉市场上十分畅销的高档花卉。垂花蕙兰还可摆放在花架上或作吊盆悬挂观赏。

绿珍珠大花蕙兰

（三）卡特兰

卡特兰又名卡特利亚兰或嘉德利亚兰，为 "兰花之王"。单叶种花期冬季至春季，双叶种花期夏季至秋季。杂交种花大，花色极为艳丽多彩，从纯白色到深紫红色，从朱红色、红褐色、黄色到各种过渡色和复色均有。

卡特兰

时尚花语

高贵大气、成熟美。

选购要点

花期较短。选购时应挑有花的盆株，以花朵初开时较好，而且最好每盆带有多个芽苗，以保证次年还能再开花。

养护诀窍

卡特兰喜高温高湿和阳光较强的环境，多数品种耐寒性较强，生长适温日温在25~30℃，越冬温度保持在夜间15℃左右比较

卡特兰组合盆栽

适宜。光线不足时叶片变薄变软，假鳞茎细长，开花少或不开花。夏秋季应遮光50%~60%，否则叶片焦黄。栽培基质必须疏松、透水和透气。卡特兰春季生长旺盛，要求有充足的水分和较高的空气湿度，浇水应掌握见干见湿的原则；冬季处于花芽形成的相对休眠期，减少浇

水有利于花芽分化。生长季节（春夏秋三季）每周施一次液体肥，可用氮、磷、钾复合肥叶面喷洒或根部施用；在生长季节还应在盆面不同部位每隔 1~2 个月放一些经过发酵的固体肥料或固体长效肥，也有利于植株生长和开花。施肥掌握淡肥薄施原则，忌用基肥和有机肥。家养易受介壳虫、蜗牛和叶斑病、叶枯病危害。

常采用分株繁殖，多在春秋两季结合换盆进行。

观赏指南

卡特兰主要观赏其极为艳丽的花朵和风姿绰约的形态，可用来点缀家庭居室。有些种类还具有特殊的芳香。

（四）石斛兰

石斛兰又名石斛，被称为"父亲节之花"。目前市场上销售的种类除少数为原生种外，大部分为杂交种，花色多样，从红、黄、白、蓝、绿、紫到各种过渡色和复色均有。

时尚花语

父爱、迎春接福。

选购要点

石斛兰茎丛生众多，选购时不要选择茎受伤的植株，要仔细观察或用手轻轻拔一下，看是否有断掉的假鳞茎被花商直接插入盆中的。下山的原生种不要选择根已经腐烂的植株。

养护诀窍

石斛兰喜高温、高湿和半阴环境，落叶类温度可降至 10℃或更低，常绿类一般不可低于 15℃。石斛兰对昼夜温差比较敏感，最好保持在 10~15℃，温差过小则植株生长不良。春季为生长旺季，光照可少些，冬季休眠期光线应强些。栽培基质必须疏松、透水和透气，可用碎砖块、蕨

春石斛杂交种

秋石斛杂交种

根、椰壳等混合基质，一般 2 年换盆一次。在新芽开始萌发至新根形成时期需要充足的水分，但又不要过于潮湿。遇到干旱天气，要及时向石斛兰四周喷水。落叶类在冬季要适当干燥。石斛兰在生长季节每周施一次肥，可用氮、磷、钾复合肥叶面喷洒或根部施用，也可施经过水腐熟的农家肥（如水腐熟的花生麸）。落叶类在冬季休眠期应停止施肥；常绿类只要环境温度高，仍可继续施肥，但温度低时植株处于强迫休眠期，也应停止施肥。家养易受介壳虫、蜗牛和黑斑病、煤污病、炭疽病危害。

可采用分株和扦插繁殖。分株繁殖可结合换盆进行，一般每 3 株为一组。扦插繁殖可选择生长壮实而未开花的假鳞茎，从根际切下，每 2~3 节一段，直接插入泥炭藓中，新芽长出后即可移栽。

观赏指南

石斛兰主要观赏部位为美丽的花朵，春石斛通透晶莹的肉质茎也十分奇特。许多种类还带有芳香的气味，观赏价值高。

（五）兜兰

兜兰又名拖鞋兰。其唇瓣呈拖鞋状，极为独特，同时由于花瓣厚，花期可长达 8~12 周。观赏价值较高的原生种有金兜、银兜等，杂交种有肉饼系列、飘带系列等。

时尚花语

招财进宝、财运亨通、步步高升。

选购要点

初学者选择杂交种较易种植，如果为原生种最好选择当地的品种或具有相同气候的地区品种；应选择具有新芽的株丛，以保证次年开花。

养护诀窍

兜兰分为绿叶种和斑叶种，多在夏秋季开花。绿叶种多花大色艳，生长适温 12~18℃，冬季温度保持 8℃以上即可；斑叶种性喜温暖，生长适温 15~25℃，30℃以上仍能生长，越冬温

金兜

度最好保持在 15℃以上。兜兰喜散射光较强的环境，阳光太强则生长缓慢、植株矮小并引起日灼病，严重时引起植株死亡；荫蔽过多，植株生长不良，开花少或不开花。

栽培基质可采用火山石、泥炭藓、碎蕨根、木屑等。栽培 2~3 年的兜兰要及时换盆，一般在花后或秋后天气变凉时进行。种植时先用少量缓效性肥料作基肥，每月施用一次腐熟豆饼水、油粕、骨粉等作追肥。生长季节每 2~3 周施一次 1500~2000 倍的水溶性速效肥，可叶面喷洒或根部施用。近开花

银兜

时要补充磷钾肥。兜兰由于没有假鳞茎，抗旱能力较弱，因此要经常保持基质和环境湿润；冬季开花后处于短暂的休眠期，要减少浇水，气温在10℃下时要停止浇水。家养易受介壳虫、潜叶蝇和软腐病、叶斑病危害。

主要采用分株繁殖，多结合换盆进行，但应注意不宜将株丛分得太少。

观赏指南

兜兰主要观赏其拖鞋状美丽而独特的花朵和缀满花纹的叶片。兜兰花期长，盆栽时可用来装点阳台、窗台或布置书房、客厅，好似笑脸迎人，十分雅致。

飘带兜杂交种

兜兰组合盆栽

（六）文心兰

文心兰又名舞女兰、金蝶兰，分布范围广。花色以黄色和棕色为主，还有绿色、白色、红色等；其花有的极小（如迷你型文心兰），有些又极大，直径可达 12 厘米以上。

时尚花语

青春常驻、飘逸、幸福。

选购要点

文心兰的叶片易受病害，选购时应注意选择叶片未感染病害的植株。选择直接用于观赏的植株时，以已开花 80%时较好。

养护诀窍

文心兰的适应性较强，但由于品种的性状差异大，栽培管理的方法也有较大的差异。一般而言，厚叶型的文心兰较喜温暖环境，生长适温 18~25℃，12℃以下要防寒；薄叶型的文心兰较喜冷凉环境，不耐高温，生长适温 10~22℃。文心兰对光照的要求较强，在栽培中只需适度遮光即可。但阳光太强时植株生长缓慢、叶片发黄，严重时会发生日灼病。多花型文心兰花梗抽出时要设立网架支撑，防止花枝倾倒。栽培基质宜疏松、透水，多采用蕨根、木炭、椰壳等混合基质。栽培 2~3 年的文心兰要及时换盆。

文心兰没有假鳞茎，抗旱能力弱，因此要经常保持基质湿润。夏季应在植株周围的地面

蜜糖文心兰

和植株上喷水，以增加空气湿度。冬季减少水分，有利于开花。种植文心兰时一般用少量缓效性肥料作基肥，除晚秋与冬季外，每月施用一次化肥，未开花时要施用氮、磷、钾"三要素"均衡的复合肥；近开花时要补充磷、钾肥。家养易受介壳虫和软腐病、叶斑病危害。

常采用分株繁殖，多在开花后或春秋季进行。

观赏指南

文心兰主要观赏部位为

野猫文心兰

美丽的花朵，其花朵数量多，色彩鲜艳，形似飞翔的金蝶，又似翩翩起舞的舞女。

金老虎文心兰

（七）万带兰

万带兰又名万代兰，有明显的茎秆和气生根。商品种多为从国外进口的杂交种，花大而密集，花色有粉红色、黄色、紫红色、纯白色以及其他兰花少见的茶褐色和天蓝色等，花期长。

大花万带兰

时尚花语

代代平安。

选购要点

由于万带兰的根系能吸收空气中的水分，有利于植株的生长。选购时应选择根系发达的植株，特别是选择分株的植株时，应具有完整的根系。

养护诀窍

万带兰喜高温、高湿和阳光较强的环境，需根部通气良好。生长适温 18~35℃，越冬温度一般要保持在 20℃以上；若越冬温度在 10~15℃，植株处于强迫休眠状态，时间长了则叶片逐渐枯黄、根部变黑褐色，最后造成部分植株死亡。在春秋冬三季可接受直接光照，夏季需遮光 20%~40%。

通常采用木框或花盆种植。采用木框时，将兰苗固定在中间，任其根系在木框周围伸展、盘绕，木框中间可填充一些块状的蕨根、木炭、树皮块、椰壳等。盆栽时，盆底可用木炭或碎砖块填充，盆上部用蕨根或碎蛇木固定。2~3 年换盆一次，通常在春秋季或开花后、新芽还未长出前进行。万带兰根系特别发达，许多根从多孔的盆中伸出，不易退盆，可以轻轻将盆打碎，去掉旧土，剪除腐根，然后重新种植。

春夏季为生长旺盛季节，要求有充足的水分和高的空气湿度，采用木框种植时必须经常浇水。生长旺盛季节每月施用一次腐熟豆饼水、油粕、骨粉等缓效肥；每2~3周施一次1500~2000倍的水溶性速效肥。也可在盆面不同部位每隔1~2个月放一些经过发酵的用纱网包裹的固体肥料。家养易受介壳虫、蜗牛、红蜘蛛和黑斑病危害。

常用扦插、分蘖繁殖。扦插时，将带有3条以上气生根的茎上部剪下，另植于新盆即成新株。分蘖是将成株自然长出的新芽或母株去除顶芽后长出的新芽，用刀切下另植即可。

万带兰杂交种

观赏指南

万带兰主要观赏其美丽的花朵，须状的气生根也独具特色。常用于盆栽或吊盆观赏，可作为园林、厅廊等处悬挂观赏，还可作为室内壁盆、几架装饰。

千代兰

（八）墨兰

墨兰又名报岁兰、拜岁兰等，在我国有悠久的栽培历史，品种也比较多，同时由于花期正值春节，是我国春节花市上主要的观赏国兰之一。

时尚花语

岁岁平安。

选购要点

墨兰的园艺栽培种极多，有些种类（如金嘴、达摩等）还可观叶，花色有紫黑色、白色、粉红色等，可在开花时根据自己的喜好购买。但有一些名品价格昂贵，许多品种还带有炒作的成分。

养护诀窍

墨兰喜温暖湿润和半阴环境，比较容易栽培。生长适温为 20~25℃，冬季温度不低于12℃。栽培基质以含丰富腐殖质、疏松的微酸性沙壤土为宜，盆栽时可用经过腐熟的树皮、泥炭土和腐叶土配制。浇水应注意清洁，避免用自来水直接浇施，采用沉淀过的清水较好；盛夏每天浇水一次，冬季 4~5 天浇水一次。夏秋两季在日落前后浇水，以入夜前叶面能干燥为宜；冬春两季在日出前后浇水最好；夏季干燥时要经常喷雾以增加空气湿度。生长期每月

墨兰

施肥 1~2 次。施肥后喷少量清水，防止肥液沾污叶片。施肥时宜淡忌浓，一般春末开始，秋末停止。施肥必须在晴天傍晚进行，施肥时以气温 18~25℃为宜，阴雨天不宜施肥，否则有烂根的危险。秋冬季墨兰生长缓慢，应少施肥。家养易受叶斑病、霉菌病危害。室温不宜过高，否则易产生病害。总之，在墨兰的栽培管理中必须做到"春不日、夏不射、秋不干、冬不温"。

常用分株繁殖，宜在秋末进行。分株时，将叶丛较大的植株从盆内托出，分割成 3~4 株一丛盆栽。种兰不能常分株，只有多代连丛方易开花，故要先养叶后开花。

观赏指南

墨兰植株形态潇洒脱俗，叶片四季常青，飘逸如带，花朵幽香，在我国南方地区特别是广东、台湾十分盛行，是装饰室内和节日赠送亲友的主要盆花。

（九）郁金香

郁金香又名洋荷花、郁香、金香等。郁金香的栽培种极多，花形有杯形、碗形、百合花形等，有单瓣也有重瓣，花色有白、粉红、紫、黄、橙、洒金、浅蓝等。

时尚花语

名誉、热烈、爱、纯金的心。

郁金香　　　　　　　　　　　　　　　　盆栽的郁金香

选购要点

在南方地区，由于郁金香开花后难以再度种植，或只有在低温下才能保存种球，故购买时可选择经低温诱导的种球或直接选购开花植株。

养护诀窍

郁金香具有极强的耐寒性，生长适温为8~20℃，冬季可耐-35℃的低温，花芽分化温度为17~23℃，温度超过35℃时花芽分化会受到抑制。栽培基质以中性或微碱性的沙壤土为好，栽培过程中切忌灌水过量，特别是开花时水分不能过多。种球发芽时，其花芽的生长会受到阳光的抑制，因此必须深植，并进行适度遮光。郁金香较喜肥料，一般采用干鸡粪或腐熟之堆肥作基肥并充分灌水。种球发叶两片后可追施1~2次稀液体肥，生长旺季每月施3~4次氮、磷、钾均衡的复合肥，花期要停止施肥，花后施1~2次磷酸二氢钾或复合液体肥。要使种球在春季开花，可经过低温春化促成栽培，或直接购买成熟的种球。家养易受蚜虫、根螨和灰霉病危害。

常用分球繁殖，每年初夏将新鳞茎从土中挖出，用干燥沙贮藏至秋凉时重新种植。

观赏指南

郁金香主要观赏其各种形状、美丽的花朵。适合盆栽，是冬春节日高档的盆花。植株形态美观，花型独特，用途非常广泛。

（十）风信子

风信子又名洋水仙、五色水仙。其花具浓香，花色丰富，有白、粉、黄、红、蓝、紫等，有单瓣也有重瓣，自然花期一般为3~4月。

时尚花语

永远怀念、得意、永恒、信使。

选购要点

我国销售的风信子种球多从国外进口，由于已进行了花芽诱导，只需选择自己喜欢的花色就可以了，但购买时应选择饱满、较大的种球。

养护诀窍

风信子喜温暖、湿润和阳光充足的环境，耐寒性差，夏季高温时进入休眠期，冬季低温

盆栽的风信子

则发育缓慢。土壤以富含有机质、排水良好的沙质土壤为好。在栽培过程中水分管理宜湿不宜干。花芽抽生后，应转移到阳光充足处，促进花葶粗壮、花大色艳。风信子除了在盆土中施以有机肥作基肥外，为使其花开得好，常在花葶抽生后施薄肥。为促使种球壮大并在第二年开花，花后应施入氮、钾肥。开花后可把花茎自基部切除，以防消耗鳞茎养分。家养易受线虫和灰霉病、菌核病危害。

风信子促成栽培时，先在5℃下让其生长根系，然后放于阴凉处让其发叶，最后把植株放于阳光充足、温度较高的室内，促进花葶的生长。也可以在2~3月气温回升后，把经过自然低温春化的种球放于水

香气浓郁的风信子

中，6~8周后即可开花。

常用分球繁殖，每年夏季植株叶片枯黄时，挖出新鳞茎，妥善贮藏至秋季种植。

观赏指南

风信子植株低矮，花多色艳，能在元旦、春节开花，可陈列于室内案头。其主要观赏部位为美丽的花朵，浓烈的香味也使许多人喜欢。风信子还可以像水仙一样进行水养观赏，白色的根系观赏价值也很高。

水培的风信子

（十一）灯笼百合

灯笼百合又称宫灯花，是近年来引进的时尚盆花。冬季至春季开花，花腋生，花梗细长，有花 8~12 朵，花冠宫灯形，金黄色。

时尚花语

喜庆、幸福。

选购要点

灯笼百合在我国栽培还较少，目前市场上有几个不同的品种，可根据自己的喜好购买。

养护诀窍

灯笼百合性喜冷凉，忌高温高湿，生长适温为 15~22℃。栽培土质以疏松、透水的微酸性土较好，一般用泥炭土或锯木屑和腐叶土等量配制，在种植前最好对土壤进行消毒以减少病菌感染。栽培过程中，良好光照有利于其生长。生长期要经常保持土壤湿润，每月施肥一次复合肥；休眠期要减少浇水，停止施肥。切花采收一般在有 2~4 朵花开放时进

灯笼百合

行，时间最好在早晨，切时母株应留 2~4 片叶以利子球生长。家养易受叶螨、蛞蝓、蓟马和霉菌病危害。

可用播种或块根繁殖。灯笼百合地下有块根，每个茎根有 2 个生长点，能发育成两株独立的植株，块根繁殖可结合换盆进行。种子有休眠期，需冷冻才能萌发，第 2~3 年发芽率较高。

观赏指南

灯笼百合主要观赏部位为美丽而奇特的花朵，其花丝和花药外露，花瓣微卷，植株形态美观、花色艳丽。由于其属于藤本植物，多作立柱盆栽或攀援观赏。

（十二）朱顶红

朱顶红又名朱顶兰、孤挺花、百枝莲，近年来市场上的商品种多为杂交种和重瓣型大花品种。其花鲜红色、朱红色或红、白复色，自然花期在 5~6 月。

时尚花语

满堂吉庆。

选购要点

大部分朱顶红在开花后能继续种植开花，可根据需要选择自己喜欢的花色。选购时以大型、饱满的种球最好。

养护诀窍

朱顶红喜温暖湿润的环境，花芽分化适温为 18~23℃，地上部生长发育的下限温度为 8℃左右。种球有较好的耐寒性，冬季气候寒冷时为其休眠期。朱顶红耐半阴环境，不喜过强日照，盆栽植株在夏季应适度遮光。对土壤的适应性较强，但在中性偏碱的土壤中生长较

朱顶红

重瓣朱顶红

好。初栽时少浇水，待叶长出后开始浇水，以后逐渐增加浇水量。花葶抽生后增加水量。生长季节每 10 天施肥一次，花苞形成前增施一次磷钾肥，花后追肥，使鳞茎健壮充实。入冬时地上部枯死后，剪除枯叶并挖起贮藏于干燥处越冬，或不挖出而保留于盆中作适当敷草，也可安全越冬。一般 2~3 年换盆一次。家养易受红蜘蛛和赤斑病、病毒病危害。

常规繁殖可采用播种、分球繁殖，均在春季进行。

观赏指南

朱顶红花型硕大、花茎挺拔、花色艳丽，是优良的盆花。在冬季于温室内作促成栽培，可于新春佳节开花。

（十三）大花君子兰

大花君子兰又名箭叶石蒜，是著名的室内盆栽观赏花卉。现通过杂交，选育出不少名贵品种，颜色有橙黄、淡黄、橘红、浅红、深红等。

时尚花语

君子之风、高贵、正人君子。

选购要点

君子兰中有许多名品，其中叶片以短而宽、厚而硬、叶面鲜艳而有光泽、挺拔而整齐、叶端浑圆、脉纹凸起为良种，花朵大而呈黄色为精品。

养护诀窍

大花君子兰喜温暖凉爽环境，生长适温为20~25℃，当温度低于10℃时植株生长缓慢，冬季室温不低于5℃，温度超过30℃则叶片及花葶会徒长；需光性较强，但在全日照下叶片变小、发黄；光照也会影响其叶片的排列方向，应及时调整朝向、均匀受光。夏季必须遮光、通风、降温。栽培土壤以腐叶土和细沙的混合土为好。生长过程中以散射光照射为宜，以利于其开花结实。土壤要求不干不湿，土壤过湿或空气相对湿度过大，君子兰容易发生介壳虫、白绢病等病虫害。君子兰是喜肥植物，应以勤施薄肥为原则。在换盆时要施足基肥，生长期每月施肥一次，抽花葶前加施磷钾肥一次。

大花君子兰

君子兰在冬季常常出现花葶还没有长出假鳞茎处、小花就开放的"夹箭"现象，其主要原因是出现花葶时的温度低、土壤湿度小。只要在花葶抽出期适当加温和加大浇水量，就可预防"夹箭"现象的发生。浇水时不应从叶心部浇入。

常用分株和播种繁殖，分株一般在春季结合换盆进行。

观赏指南

大花君子兰主要观赏部位为美丽的花朵和青翠硕大的叶片，也有带金边或银边等叶艺品种，是花叶并美的观赏花卉。

（十四）马蹄莲

马蹄莲又名慈姑花，主要品种有红花马蹄莲、黄花马蹄莲和白花马蹄莲等，彩色马蹄莲种球多从国外进口。其佛焰苞大型，上部开张呈马蹄形，风姿绰约。

时尚花语

志同道合、春风得意、洁身自爱。

选购要点

彩色马蹄莲多为红色或黄色，可根据自己的喜好选择花色。选择开花株时以花朵微开为好。

红花马蹄莲

黄花马蹄莲

养护诀窍

马蹄莲喜温暖、潮湿环境，在10℃以上才能生长良好，最低温度不低于0℃；怕高温，若遇夏季高温，花芽分化会受到阻碍。有一定耐阴性，夏季遮光50%。栽培土壤以较黏重的沙壤土为好。对水分的要求较高，生长期内要充分浇水。盆栽时可于9月下旬种植，盆土以砻糠灰和壤土等量配制，并拌入充分腐熟的粪肥或饼肥作为基肥。生长期间应多浇水、多施肥；花后为球根膨大期，应保持盆土湿润；当植株开始枯黄后，节制浇水，停止施肥，促进休眠。叶子全枯死后，取出球根放于通风阴凉处贮藏。家养易受蓟马、介壳虫、红蜘蛛和干腐病、软腐病危害。

常用分球繁殖，一般在秋季马蹄莲母株枯死后将根茎掘起，分出小球置于冷床，种植1~2年后成大球即可开花。

观赏指南

马蹄莲植株形态美观，叶片上多带有斑纹，花色多样。国外现在又育成了四季开花的四季马蹄莲，多利用夏凉冬暖的山涧和温泉地带栽培。

（十五）仙客来

仙客来又名兔耳花。花大，单生而下垂，花瓣上卷，似兔耳。花色有玫瑰红、大红、紫红、粉红、白色、橙黄等，也可分为单瓣、皱边与重瓣等品种。

时尚花语

神气活现、友谊长存。

选购要点

可选择自己喜欢的花色。选择开花株时以花朵微开为好，选择球根则以球根越大开花越多。

养护诀窍

仙客来喜夏季凉爽、冬季温暖湿润、阳光充足的气候。适宜生长温度为12~20℃，花蕾形成的温度为16℃，温度高于30℃则生长不良或植株生长停滞呈半休眠状态。在5月至6月初及7月初至9月，应给予适当的遮阴降温。在富含腐殖质的上壤中均

仙客来

能生长良好。盆土可用泥炭土与砻糠灰，或泥炭土与煤渣等量配成，在配制时施入经腐熟的豆饼肥、骨粉、钙镁磷肥及少量石膏粉等，并施入适量复合肥为基肥。可采用浸盆法浇水，一般春秋季每天中午一次，夏季于早晚各一次。生长过程中施用颗粒复合肥，春秋季可稍浓些。家养易受线虫、蚜虫和卷叶蛾危害。

主要采用种子播种进行繁殖，插种适期在 10 月。

观赏指南

仙客来花色极其丰富多彩，花期又正值元旦、春节，能带来热烈喜庆气氛，是装点居室和馈赠亲友的重要花卉。主要观赏部位为美丽的花朵，色彩斑斓的叶片观赏价值也较高。

（十六）玫瑰海棠

玫瑰海棠是近年来从国外引进的新潮花卉，由于花大色丽似玫瑰而得名。花色有紫红、大红、粉红、黄色、橙黄、白色、复色等，具有单瓣、半重瓣和重瓣、花瓣皱边等品种，花期可长达 4~6 个月。

玫瑰海棠

时尚花语

美艳、风情万种。

选购要点

玫瑰海棠与球根海棠相似，但无球茎，花色多样，在栽培条件合适时无休眠期。可选养自己喜欢的花色。

养护诀窍

玫瑰海棠喜温暖、湿润的半阴环境，不耐高温，最适生长温度为 17~21℃，超过 32℃时茎叶枯萎脱落，夏季要遮光 50%~70%。栽培基质以肥沃疏松、富含有机质、透气良好、保水保肥能力强、不积水的微酸性土壤最佳，一般以腐叶土、泥炭土、粗沙按 2:1:1 的比例配制而成，并加入腐熟的牛粪或鸡粪作基肥。

玫瑰海棠

对水分的要求比较高，生长季节要保持较高的空气湿度，但要避免积水，一般每天浇一次水；生长后期要逐步减少浇水量；花期要防止将水浇到花上。生长期要防止高温多湿，否则易引起根茎腐烂。生长期每周施复合肥一次，花期每旬增施磷肥一次。家养易受蚜虫、粉蚧和茎腐病、根腐病危害。

主要采用扦插繁殖，一般采用茎插，也可采用叶插。

观赏指南

玫瑰海棠的花色极为艳丽，其形态婀娜多姿、叶色碧绿光润，特别是花期正值春节，一经引进就十分惹人喜爱。盆栽可用来点缀客厅、卧室、阳台、橱窗等，也可以装入艺术吊篮悬挂观赏。

（十七）观赏辣椒

观赏辣椒又名五色椒、五彩椒等，目前广泛流行的多为辣椒的园艺栽培种。按果实的颜色分，有红、黄、紫、橙、白色等类型；按果实的形状分，有指形、圆锥形、球形、灯笼形等类型。

观赏辣椒

时尚花语

有勇气、不屈不挠。

选购要点

可选择自己所喜欢的果色品种种植，一般通过购买种子进行繁殖栽培。

养护诀窍

观赏辣椒喜温暖、光照充足、通风良好的环境，不耐寒、怕霜冻、忌高温，在多阴雨的气候条件下生长不佳。果实发育适温为 25~28℃。属短日照植物，对光照要求不严，但光照不足结果期会延迟并降低结果率，高温干旱、强光直射易发生果实日灼病或落果。结果期要求空气干燥，雨水多则授粉不良、结果少。喜疏松透水的土壤，栽培基质可用园土、堆肥、煤渣、锯末屑、珍珠岩、菇泥、蔗渣、椰糠、细沙、中药渣等按一定比例混合组成。喜肥、喜水，但不耐浓肥，怕积水。生长期保持土壤湿润，但在花期应控制浇水，以免落花。定植前要施足基肥，基肥多采用有机肥。栽培过程中可施有机肥，也可定期施一些复合肥。家养易受蚜虫、红蜘蛛、粉虱和炭疽病、疫病、病毒病危害。

观赏指南

观赏辣椒果色五彩斑斓，光润鲜丽，娇憨可爱，多在夏秋季节成熟，可盆栽供室内欣赏。有些高茎的品种，果实还可做成切果花卉观赏。

观赏辣椒切果

（十八）观音莲

观音莲又称美叶芋，有黑叶观音莲、绒叶观音莲等多个品种。

时尚花语

妩媚冷艳、安详。

美叶观音莲

选购要点

可根据需要选择自己喜欢的叶色品种。选择种球时以颗粒大、无病虫害者最好。直接购买成品时以叶色青绿者最佳。

养护诀窍

观音莲喜温暖、湿润和半阴环境，生长适温为22~28℃，20℃以下呈休眠状态，越冬温度一般在15℃以上，10℃以下叶片会受到冻害直至枯萎，因此冬季应放在室内种植。观音莲耐阴性很强，适于在荫蔽的散射

绒叶观音莲

箭叶观音莲

光下生长，忌直射阳光，一般夏秋季应遮光，否则叶面粗糙、叶色灰白，有时发生灼伤斑点，但冬季以多照阳光为好。喜疏松、肥沃、排水良好、富含有机质的沙质土壤，一般用等量的腐殖土和堆肥加一些粗沙拌匀即可。在春夏生长旺季，要保持较高的空气湿度，除正常浇水外，可向植株周围空气及地面喷水。在冷气房间内空气较为干燥，不宜长期摆放观赏。盆土干燥时，叶片易柔软下垂。每半个月喷施一次叶面肥，1~2 个月加施一次有机肥或含氮、磷、钾的复合肥，氮肥多些能促进叶色美观。冬季进入休眠状态时要停止施肥。家养易受蜗牛和灰霉病危害。

一般采用分球、分株繁殖。采用分球法在春夏季进行，操作时将母株托出，分离子球另植即可。采用分株法时，将成株地下块茎掘起，于分离处分割，使每块带有 2~3 个芽点，浅植入土即能长成新的植株。

观赏指南

观音莲主要观赏部位为色彩迷人的叶片。其叶色翠绿，叶脉银白色，叶缘周围亦有一圈极窄的银白色环线衬托着浓绿的叶片，极为醒目逸雅、亮丽美观。

（十九）观赏凤梨

观赏凤梨是十分流行的高档盆花，观赏品种极多，其中果子蔓属、光萼荷属、铁兰属、莺歌属等均具有极高的观赏价值。叶片颜色丰富多彩，有红、黄、绿、粉红、褐、紫等，头状、穗状或圆锥状花序，苞片色彩也十分丰富。

时尚花语

吉星高照、红运当头。

选购要点

观赏凤梨品种繁多，可根据自己的喜爱选择不同花色的品种。但应注意的是，不同的品种其种植方法也有一定差别。

养护诀窍

观赏凤梨喜温暖、湿润和有较强散射光的明亮环境，最适生长温度为 20~27℃，越冬温度 10~15℃，5℃以下会受到冻害。每天需要进行 2~3 小时

太阳星果子蔓

红星凤梨

紫花铁兰

的光照才能开花，但夏秋季中午的阳光猛烈，要遮阴。喜排水好、肥沃、疏松的栽培土壤，一般采用腐殖土加碎树皮、木屑、蛭石、珍珠岩等轻质材料配成的培养土。夏季要充分浇水，晴天每天浇水2次，要经常向叶面喷水和向叶筒内灌水，空气湿度应保持在60%以上。寒冬到来时，除注意保温外，应严格控制浇水，此时盆土只要略湿即可，并将叶筒内的水倒掉，否则易引起烂根。在生长期内每周施薄肥1次，肥液可从叶面喷施或施入根部和叶筒。每年补充2~3次磷、钾肥，冬季时要停止施肥。家养易受介壳虫、粉虱和叶斑病危害。

可采用幼芽扦插繁殖，在春季换盆时进行最好。操作时，将母株托出，切下两侧的子株，分别盆栽。

观赏指南

观赏凤梨主要观赏部位为美丽的花苞，有些品种还具有斑纹美丽的叶片或色彩艳丽的果实。由于其花叶俱美，观赏期长，适宜作中小型盆栽，可用于布置花架、书桌、茶几等。

莺歌凤梨

（二十）蝎尾蕉

蝎尾蕉又称赫蕉、富贵鸟等，目前花卉市场上已有金嘴赫蕉、彩虹鸟蕉、火鸟蕉等。

时尚花语

鹏程万里、崇拜。

选购要点

蝎尾蕉的抗寒性较差，目前市场上的品种还较少，家庭盆栽可选择抗寒性较强、自己所喜欢的花色品种。

养护诀窍

蝎尾蕉喜温暖、湿润的环境，不耐严寒，忌霜冻，生长适温 22~25℃，越冬温度不低于 10℃。温度过低时，多数品种地上部分会受冻害致死，但次年其根状茎又能长出新的叶片。喜欢阳光充足的环境，如果光照不足或遮光时间过长，植株纤弱易倒伏。盆栽种植时，需要放在阳台或靠近窗台等阳光充足的地方。春夏为生长旺

金嘴蝎尾蕉

沙龙蝎尾蕉

季，除浇水以外，还要保持较高的空气湿度，特别是夏季天气干燥时，可向植株周围空气及地面喷水。培养土采用土层深厚、肥沃、排水良好的沙质土较好，栽培时可采用腐熟过的干粪拌过磷酸钙作基肥。在生长旺盛期，每月再追施一次复合肥或喷施一次叶面肥，氮肥不能过多，否则易倒伏。花序抽出后，应增加磷钾肥的比例。蝎尾蕉病虫害较少，但通风不良时易受介壳虫危害。

蝎尾蕉用分株法、播种法繁殖。

观赏指南

蝎尾蕉的花苞具有鲜艳的色彩和奇特的造型，十分惹人喜爱。矮生种可盆栽。

富红蝎尾蕉

（二十一）玫瑰竹芋

玫瑰竹芋又称彩虹竹芋，是近年引进的著名室内观叶盆花。其形态小巧玲珑，叶背具紫红斑块，叶片近叶缘处有一圈玫瑰色或银白色环形斑纹。

时尚花语

美丽高贵。

选购要点

玫瑰竹芋的叶片花纹有多种色彩，可根据自己的喜好购买。由于其易得病，因而要选择生长旺盛、无病虫害的植株。

养护诀窍

玫瑰竹芋喜温暖、湿润的半阴环境，怕低温与干风，最适生长温度为 20~25℃，越冬温度不应低于 15℃，10℃以下地上部分逐渐死亡。忌阳光曝晒，夏秋季要遮光，光照过强则叶面易显苍老干涩；光线过弱，叶质变薄而无光泽，失去美感。冬季应给予充足光照。喜排水好、肥沃、疏松的微酸性培养上，盆土宜用腐殖土、堆肥加 1/3 河沙或木屑混合而成。在夏

玫瑰竹芋

秋季高温期要经常保持盆土湿润，否则会出现叶沿枯焦、生长不良；每天除浇一次水外，还应加强喷雾，使空气湿度保持在85%以上。在生长期内每周施薄肥一次，宜用复合肥，单施氮肥则叶色暗淡、花纹不明显。冬季时要控制浇水并停止施肥。家养易受介壳虫、粉虱和叶斑病、锈病危害。

采用分株繁殖，于春季结合换盆进行。操作时，将较密的母株从盆中脱出，切开株丛后上盆，每盆种植4~5片叶为宜。分株后浇透水放在半阴处养护。

观赏指南

玫瑰竹芋的主要观赏部位为色彩斑斓的叶片，其叶片远看像盛开的玫瑰花。适宜作小型盆栽欣赏，装饰几架、案头、餐桌。

（二十二）非洲紫罗兰

非洲紫罗兰又名非洲堇，具有"室内花卉皇后"之美称。野生种只有蓝、白、粉红三种，花瓣为单瓣，花期为夏秋两季；园艺品种花色还有红色、桃红色、紫色、奶白色、黄色、混色等，花瓣有单瓣，也有重瓣。

时尚花语

关爱、永恒的爱。

选购要点

非洲紫罗兰由于叶片具茸毛，沾水肥后易形成花斑并易患病虫害。购买时要选择生长良好的植株；选择开花株时，以花朵突出叶面的盆栽植株最好。

养护诀窍

非洲紫罗兰喜半阴、温暖、湿润和通风良好的环境。不耐寒，冬季温度不应低于5℃。忌阳光直射，夏季温度一般不能超过35℃，要适当遮光，防止强光灼伤叶片，冬季需增加人工光照。喜疏松、富含腐殖质的土壤，可采用腐叶土、园土、蘑菇肥等量混合配制。

生长期与花期应保持土壤湿润和较高的空气湿度，浇水时不要将水沾湿叶片，以防产生斑点或烂叶。10℃以下要停止浇水。生长期每半个月施肥一次，宜用复合肥，并适当补充钙、镁、铁等元素以利于植株生长。追肥时忌将肥水溅在叶片上，以防造成叶片腐烂。

非洲紫罗兰的病害主要有软腐病。发生此病时应剪掉病叶，剪口涂硫磺粉或代森锌，对植株喷波尔多液杀菌。平时应注意通风，使气温与湿度适中，并定期喷洒波尔多液预防。

可采用扦插、播种、分株等方法繁殖。

观赏指南

非洲紫罗兰形态小巧玲珑，叶片似丝绒，花色绚丽多彩，花期长，是优良的窗台、案头、阳台点缀花卉。

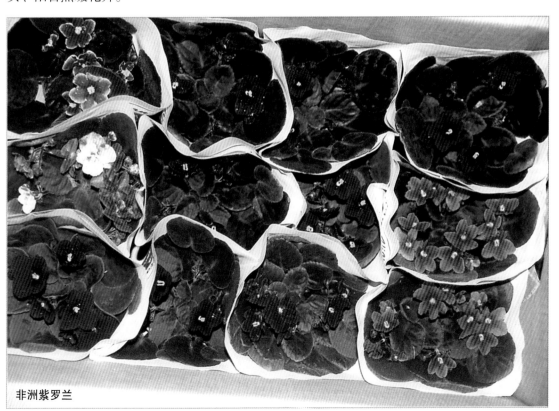

非洲紫罗兰

（二十三）猪笼草

猪笼草又称猪仔笼、食虫草，市场上观赏价值高的多为杂交种。

时尚花语

袋袋平安、招财进宝。

选购要点

应选择叶笼无焦败的植株，购买小苗时最好选择已长出小笼的植株。

养护诀窍

猪笼草喜温暖、湿润、半阴和通风环境。不耐寒，怕干燥和强光。生长适温为 25~30℃，冬季不低于16℃。夏季时需遮光，冬季则要将其置于窗前加强光照。由于它在高湿条件下才能正常发育形成叶笼，生长期需经常喷水或置于鱼缸、水缸上方，以保持周围的高湿环境。栽培土壤以疏松、肥沃和透气的基质为好，常用泥炭土、泥炭藓、木炭和树皮屑混合而成。一般每2年换盆、换土一次。

猪笼草在生长时需要较大的空气湿度，并应在叶笼里注水栽培，否则叶笼易焦败。部分猪笼草可通过叶笼吸取一定的营养。在生长季节每年需补充 2~3 次氮肥，并施一些花宝等复合肥或有机肥促进叶笼的生成。有些栽培种已失去了食虫功能。猪笼草常有介壳虫和叶斑病危害。

家养猪笼草多采用分株繁殖，在春季气温暖和时进行。

观赏指南

猪笼草主要观赏部位为笼状而带花纹的变态叶。其叶笼大小、形状和颜色各不相同，具有极高的观赏价值。常用于室内盆栽或吊盆观赏，其造型十分优雅别致，深受人们的喜爱。

猪笼草

（二十四）瓶子草

瓶子草原生种只有8种，目前市场上销售的品种多为杂交种。

时尚花语

财源广进。

选购要点

在选购时应选择叶片无焦败的植株。

养护诀窍

瓶子草喜温暖与潮湿环境，在冬暖夏凉和半阴环境下生长最为理想。生长适温为20~25℃，冬季温度不低于5℃。夏季应多浇水以保持湿度，冬季休眠时土壤只需湿润即可。瓶子草喜光，充足的光照对其生长有利，光照不足时，叶色晦暗并徒长；休眠期进行弱光照较理想。栽培土壤以带酸性的泥炭土最佳，可在盆面种上一层泥炭藓保持水分。生长期3~4周施肥一次。家养易受红蜘蛛、蚜虫危害，过于荫蔽时易患黑斑病和根腐病。

可采用扦插、分株、播种等方法繁殖。采用叶段扦插时，先将叶片上部的捕虫囊剪去，然后连同基部一小段茎段剪断进行扦插；采用根状茎扦插时，只需将根状茎切成数段，每段2.5厘米左右，平放在插床上，上铺泥炭藓。分株繁殖多于4~5月进行，操作时将根状茎切开，每株带1个顶芽，分株后可直接上盆栽培。播种繁殖宜于8~9月进行。

观赏指南

瓶子草主要观赏部位为斑纹美丽、瓶子状的变态叶。其株型小巧，又具有食虫功能，可用于点缀室内、窗台或阳台，别具一格。

瓶子草

（二十五）捕蝇草

捕蝇草其两片叶瓣对生展开成贝壳状，每个叶瓣内侧中央有三条尖锐的刚毛排列成三角形。当蚊蝇及其他小虫触动刚毛后，即引起叶瓣闭合，而叶瓣边缘伸出的许多棘突能相互交错合拢，防止捕到的小虫逃走。叶瓣内表面还有许多略带紫色的腺体，能分泌消化液将猎物消化而提供自身的营养。

时尚花语

爱神的蝇夹子。

选购要点

捕蝇草生长较慢，叶片在常规栽培时难长大，最好选择植株较大的成品苗。

养护诀窍

捕蝇草喜阴凉湿润环境，在生长季节需阳光充足，生长适温为 15~20℃，冬季不低于 7℃。由于它的食虫习性，其根退化，可种植在泥炭藓上，培养材料需保持湿润，不必施肥。在热带、亚热带地区越夏较困难，高温时停止生长甚至死亡。为保持较高的空气湿度，可在盆底垫一浅水盘。种植过程中可用肉丝或奶酪喂养，当然其叶片也能进行光合作用而自养。

繁殖常采用播种、分株和叶插等方法。播种宜在秋季进行，基质可采用泥炭土和沙等量混合配制。叶插可在春秋两季进行，扦插时剪取成熟的叶片作插穗，基质同播种土。分株可在秋冬季进行。

观赏指南

捕蝇草主要观赏部位为钢夹状的变态叶和神奇的食虫过程。捕蝇草可作小型盆栽，置于无阳光直射的书桌、几架或窗台上。

捕蝇草

捕蝇草

（二十六）八仙花

八仙花又名绣球花、紫阳花，主要分布于北半球温带地区。花大型，初时白色，渐转蓝色或粉红色。自然花期6~7月，人工促花栽培可全年开花。

时尚花语

团圆、美满。

选购要点

八仙花的花朵大小和颜色跟植株的生长状况关系很大，土壤的酸碱度也影响花色。在选购成品株时，应选择已长出花苞并有一部分花已开放的植株。

养护诀窍

八仙花喜温暖、湿润和半阴环境，耐寒性较差，生长适温为18~28℃，冬季温度不低于5℃。在寒冷地区室外栽培，冬季地上部分会枯死，但翌春从根茎处能萌发新枝再开花。花芽分化需在5~7℃条件下6~8周才能完成，20℃可促进开花，见花后控制在16℃能延长观花期。为短日照植物，每天黑暗处理10小时以上，45~50天能形成花芽。盛夏要适当遮光。生长期盆土要保持湿润，春季萌芽后要充分浇水，但要防止积水，冬季室内盆栽时以稍干燥为好。栽培土壤以疏松、肥沃和排水良好的沙壤土较好。八仙花的花色受土壤酸碱度影响很大，酸性土时花呈蓝色，碱性土时花为红色。为了加深蓝色，可在花蕾形成期施用硫酸铝；为保持粉红色，可在土壤中施用石灰。在6~7月盛花期，肥水要充足，每半个月施一次复合肥。花后要摘除花茎促其产生新枝，当新枝长至8~10厘米时再剪短，使侧芽充实，以利来年产生更多花枝。家养易受蚜虫和白粉病、叶斑病危害。

可采用分株、扦插等方法繁殖，多在春季结合换盆进行。

八仙花

观赏指南

八仙花的主要观赏价值在于美丽的花朵及其花色的变化，花期较长。八仙花初开时洁白丰满，然后变成红色或蓝色，十分有趣。

（二十七）石楠杜鹃

石楠杜鹃又称洋石楠，是近年引进的高档盆花，目前我国花市上销售的石楠杜鹃多为杂交种。花色有红、紫红、粉红、橙红、白、黄、橙黄等。

时尚花语

喜气洋洋、高贵尊严。

选购要点

石楠杜鹃的栽培较难，特别是夏季需要较低的生长温度，华南地区在夏天高温炎热的气候下，无降温设施一般不能栽培。

养护诀窍

石楠杜鹃性喜冷凉环境，生长适温为15~22℃，多在中、高海拔的冷凉地区或北方种植。栽培基质以疏松透水、肥沃的微酸性腐殖土较好，可用腐叶土、泥炭藓或蛇木屑调制。在夏秋季阳光较强时，上午接受阳光、午后荫蔽，要保持通风凉爽，高温和通风不良极易影响其生长甚至死亡。生长期需要较多的水分和较大的空气湿度，要注意补充水分，一般早晚各浇一次水。生长季节要注意施肥，使

石楠杜鹃

石楠杜鹃（花）

用的肥料以有机肥最好，每月可补充少量含氮、磷、钾复合肥。肥料以微酸性肥较佳，尽量少用碱性肥，以免影响植株生长。石楠杜鹃在生长缓慢时不必修剪，分枝少时，可摘除顶芽促进分枝，以利于造型与多开花。家养易受褐霉病危害。

繁殖可采用播种、扦插、高压压条和嫁接等方法。

观赏指南

石楠杜鹃株型匀称，树冠近似圆形，上百朵花均匀地铺在树冠上，层层叠叠，极为鲜艳。其主要观赏部位为大而艳丽的花朵，它与普通杜鹃的最大区别是花大、叶片大而光滑。

（二十八）虎舌红

虎舌红又称佛光红，是珍稀的观果、观叶盆花。由于其叶片两面有紫红色粗毛和黑色小腺体，似舌苔，整叶状如虎舌，故名"虎舌红"。

时尚花语

佛光普照、金玉满堂。

选购要点

虎舌红在阳光不足时，叶片无红色光泽。因此，在选购时要选择生长健壮而叶色正常的植株。

养护诀窍

虎舌红喜温暖、湿润、半阴、通风环境，生长适温为16~28℃，冬季一般在室内过冬，室温需保持5~8℃。夏季需要充足水分，冬季需干燥且有充足阳光。盆栽土以腐叶土、泥炭土和沙的混合土壤为宜。上盆时，在盆中心挖穴栽苗，每盆栽一株，要求做到根系舒展，苗身端正，压紧土壤，浇足定根水。浇水、施肥时不应洒到叶面。盆栽时宜置于无阳光直射的室内，或摆放在室外遮光90%的棚下。虎舌红每年换盆一次，要根据植株生长需要，逐步更换较大的花盆。虎舌红的病虫害主要是褐斑病。

常用播种、扦插和嫁接等方法繁殖。

观赏指南

虎舌红主要观赏部位为挂满枝条的红色果实；其叶片紫红色，两面长满茸毛，在阳光下或者晚上灯光下发出十分耀眼的光泽，具有极高的观赏价值。

虎舌红

（二十九）朱砂根

朱砂根又名富贵籽、凉伞遮金珠等，是近年十分流行的观果盆花。朱砂根的叶背、花梗绿色，而其变种红凉伞的叶背、花梗均带紫红色。

时尚花语

富贵满堂、多子多福。

选购要点

一般选择株型紧凑、挂满果实的植株。购买小苗时应选择生长健壮的植株。

养护诀窍

朱砂根喜温暖、湿润、半阴、通风环境，生长适温为 16~28℃，冬季室温不应低于 5℃。朱砂根要求排水良好的肥沃土壤，可用阔叶林下的腐殖土或腐叶土、火烧土、河沙以 6:3:1 的比例混合作盆土。用小号花盆栽培，盆底先垫上 3~5 厘米厚的瓦砾。上盆时，每盆栽一株，压紧土壤，浇足定根水。栽盆宜置于无阳光直射的室内（以东向阳台为佳），或摆放在室外遮光 90% 的棚下。春季施薄肥，夏秋季以磷钾液肥为主，每半个月一次，果实转色后停施。夏秋季要充分浇水，冬季以及开花前、果实转色前要减少浇水量，保持盆土稍湿润即可。1~2 年换盆一次。家养易受褐斑病危害。

主要采用播种和扦插繁殖，春播宜在清明后，扦插应在初夏和夏末进行。

观赏指南

朱砂根果实成熟时鲜艳夺目，挂果期可长达 6 个月以上，近年已成为室内观果花卉新秀，可置于茶几、窗台等处观赏。

红凉伞

朱砂根

（三十）龙船花

龙船花又名英丹花、水绣球。目前市场上流行的品种多为园艺观赏种，其花色有红色、粉红色、橙黄色或白色等。

时尚花语

热情奔放、喜气洋洋。

选购要点

可选择自己喜欢的花色品种。盆栽时一般选择株型紧凑的杂交种。

养护诀窍

龙船花喜温暖、湿润和阳光充足环境。生长适温为15~25℃，越冬温度最好在5℃以上，过低易受冻害；耐高温，32℃以上照常生长。茎叶生长期需有充足水分，应保持盆土湿润，但过湿易引起根系腐烂，过干燥则落叶。在充足的阳光下，叶片翠绿有光泽，开花整齐，花色鲜艳；过阴时，叶片无光泽，开花少，叶色浅。对土壤的要求不甚严格，但

黄花龙船花

以富含腐殖质、疏松、肥沃和排水良好的酸性沙壤土较佳，盆栽可用园土、泥炭土和粗沙等混合配制。生长期内每个月施腐熟的淡饼肥水1~2次。当苗高15~20厘米时，应摘心使其多发侧枝、多开花。一般每年换盆一次。家养易受蚜虫和叶斑病、炭疽病危害。

常用扦插、压条和播种等方法繁殖。

观赏指南

龙船花花叶秀美、开花密集、花色丰富、花期持久，是重要的盆栽木本花卉。主要观赏部位为美丽的花朵。

红花龙船花

（三十一）欧洲报春

欧洲报春又称多花报春、欧洲樱草、西洋樱草等，是近年来流行的时尚盆花。花色极为鲜艳、丰富，具有深红、紫红、桃红、紫色、蓝色、黄色、白色等多种花色，有些种类的花瓣基部还具有黄、白和红色的混合色。

时尚花语

妩媚、青春常驻、新年伊始。

选购要点

可选择自己喜欢的花色品种。

养护诀窍

欧洲报春喜冷凉、湿润和阳光充足的环境，怕高温，生长适温为10~20℃，幼苗在夏季生长缓慢。夏季需遮光，阳光过强时，叶色变黄。喜排水好、肥沃、疏松、富含有机质的壤土，盆土可用腐殖土、泥炭土、河沙等量配制。在夏秋季高温期要经常保持盆土湿润，否则会出现叶沿枯焦、生长不良，每天除浇一次水外，还应加强喷雾以降低温度。栽培时在基质中混入有机肥料或长效肥料作基肥，定植成活后每个月追施含氮、磷、钾复合肥一次，开花前增施磷钾肥。家养易受螟蛉虫、灰霉病危害。

可用播种、分株、扦插等方法繁殖。播种可在3~5月进行，由于其种子细小、喜光，播后不必覆土。扦插主要采用嫩枝作插穗。

观赏指南

欧洲报春盛开时姹紫嫣红、妩媚动人，花期又正值新春佳节，是人们十分喜爱的小型室内盆花，可用它装点窗台、阳台。

欧洲报春

（三十二）矮牵牛

矮牵牛又名碧冬茄，花色有白、粉、红、紫、蓝、黄和复色等，有一花双色和单瓣、重瓣花。

时尚花语

温馨浪漫、永结同心。

选购要点

由于矮牵牛有垂吊型品种和矮生型品种，且花色丰富，可根据用途和喜好选择不同株型和花色的品种。

养护诀窍

矮牵牛喜温暖和阳光充足环境，不耐寒，怕雨涝。生长适温为 13~18℃，冬季温度不应低于 4℃，否则植株生长停止。喜干怕湿，

矮牵牛

在生长过程中需有充足水分，特别是夏季高温季节，应在早、晚各浇一次水，保持盆土湿润。浇水时不应洒到叶面。梅雨季雨水多、易腐烂，应注意防雨。宜用疏松、肥沃和排水良好的微酸性沙壤土。每半个月施肥一次，以腐熟饼肥水为主，花期增施 2~3 次过磷酸钙。矮牵牛在夏季高温多湿条件下，植株易倒伏，应注意修剪整枝，摘除残花，达到花繁叶茂。家养中易受蚜虫和花叶病、青枯病危害。

常用播种、扦插繁殖。室内盆播时，播后不需覆土；扦插繁殖在室内栽培时全年均可进行。

观赏指南

矮牵牛花大色艳，花型多变，为长势旺盛的装饰性花卉，而且还能周年繁殖栽培，已广泛用于花坛布置、花槽配置、窗台点缀。

垂吊的矮牵牛

（三十三）蒲包花

蒲包花又名荷包花。花具二唇，下唇发达，形似荷包；花色丰富，有淡黄、深黄、淡红、鲜红、橙红等色，常嵌有褐色或红色斑点。

时尚花语

招财进宝、恭喜发财。

选购要点

可根据爱好选择自己喜欢的花色品种。此外，蒲包花多为一年生栽培，可找信得过的公司购买种子自行栽培。

养护诀窍

蒲包花喜凉爽、湿润和通风环境。怕高温，幼苗期温度应在 10~20℃，盆栽苗生长适温为 7~13℃，冬季温度不低于 3℃；温度超过 20℃对蒲包花的生长和开花不利，花期最佳温度为 10℃。属长日照花卉，幼苗期需有明亮光照。盆土必须保持湿润，特别是茎叶生长期若盆土稍干，叶

蒲包花

片很快就萎蔫；但盆土过湿再遇室温过低，根系容易腐烂。浇水切忌洒在叶片上，否则极易造成烂叶。抽出花枝后，盆土可稍干燥，但不能脱水，有助于防止茎叶徒长。

栽培土壤以肥沃、疏松和排水良好的沙壤土为好，常用培养土、腐叶土和细沙组成的混合基质。生长期注意通风和遮光，防止虫害发生和叶片灼伤。每半个月施肥一次，氮肥不能过量，否则易引起茎叶徒长和严重皱缩。当抽出花枝时，增施 1~2 次磷钾肥。家养易受蚜虫、红蜘蛛、叶腐病危害。

以播种繁殖为主。

观赏指南

蒲包花花形奇特，下唇膨胀呈拖鞋状，荷包状的花冠上斑纹新鲜有趣，花期正值春节。可摆放窗台、阳台或客厅，绚丽夺目。

蒲包花

（三十四）大岩桐

大岩桐又名落雪泥。花色有蓝、粉红、白、红、紫等，还有白边蓝花、白边红花和重瓣花；此外还有矮生型和迷你型品种。

时尚花语

高贵大方、雍容华贵、欲望。

选购要点

可选择自己喜欢的花色品种。大岩桐需要较强的阳光，如果光线不够，叶片尽管青绿，但花朵花枝软弱、不能直立，选购时要特别注意。

养护诀窍

大岩桐喜温暖、湿润和半阴环境，生长适温在18~23℃，冬季温度不低于5℃。夏季高温多湿，对植株生长不利，需适当遮光。生长期要求空气湿度大；冬季休眠期应保持干燥，如湿度过大而温度又低，块茎易腐烂。

大岩桐

重瓣大岩桐

要求肥沃、疏松且排水良好、富含腐殖质的土壤，常用腐叶土、粗沙和蛭石混合配制。生长期每半个月施肥一次，形成花苞时增施磷钾肥1~2次。施肥时注意不要沾污有毛的叶面，以免引起腐烂。叶片枯萎进入休眠期后，将块茎存放于冷凉干燥处贮藏。家养易受线虫、尺蠖和猝倒病危害。

可用播种、扦插和分割球茎等方法繁殖。要获取种子应进行人工授粉，播种期宜在8~10月。

观赏指南

大岩桐叶茂翠绿，花大色艳，一株大岩桐可开花几十朵，花期可持续数月之久，是节日点缀和装饰室内、窗台的理想盆花。主要观赏部位为美丽的花朵，带茸毛的叶片也有一定的观赏价值。

（三十五）鹤望兰

鹤望兰又名天堂鸟、极乐鸟之花，素有"鲜切花之王"的美誉。

时尚花语

幸福吉祥、自由。

选购要点

鹤望兰的株型较大，盆栽时最好选择株型较矮且易开花的品种，选择成品株时以花朵微开时最好。

养护诀窍

鹤望兰喜阳光充足、温暖湿润的气候，生长适温 18~24℃，不耐寒，低于 5℃易受冻害，持续高温也会导致生理障碍和花芽枯死。充足的阳光有利于植株的生长发育，阳光不足易导致花芽坏死；虽耐旱，但亦不可过分干燥。土壤以排水良好、富含有机质的沙壤土为佳。为保证土层深厚，应选用较深大的瓦盆。生长期间每半个月施腐熟肥一次，花期施 2~3 次 0.5%过磷酸钙。花谢后要及时剪除以减少营养消耗。成年鹤望兰 2 年换一次盆，换盆宜在早春或花谢之后进行。家养易受介壳虫、金龟子、二化螟和立枯病、赤锈病危害。

常采用分株和播种繁殖。分株宜在早春或晚秋进行，用利刀从植株根部切下具有 10 厘米以上的小株，切口用草木灰消毒，上盆养护 10~20 天后即可成活。采用播种繁殖时，种子播前需用药液清洗消毒，用 30~40℃温水浸种 3~4 天，每天换水一次；也可用极细的砂纸轻擦种子表面以加速其发芽。

观赏指南

鹤望兰花色艳丽，姿态奇特，花期长达 3~4 个月，是一种代表吉祥高贵的名贵观赏花卉。主要观赏部位为奇特的花朵。

鹤望兰

（三十六）嘉兰

嘉兰是近年来日趋流行的盆栽花卉，其反卷的花瓣独具特色。

时尚花语

娇艳、风情万种。

选购要点

可选择自己喜欢的花型和花色品种，选择成品株时以花朵微开时最好。

养护诀窍

嘉兰喜温暖、湿润和阳光较强的环境，要求在富含腐殖质、疏松肥沃、排水性能好、保水力强的沙壤土中种植。耐寒力较差，生长适温为 22~24℃，当温度低于 22℃时，开花不良，不能结实；温度低于 15℃则地上部即受冻害。喜阳光，但夏季不耐强光直射，定植后应搭阴棚，遮去 50%~60% 的光照。种植嘉兰应及时设立支架，以免茎蔓折断。生长季

嘉兰

嘉兰

节注意浇水和施肥即可生长良好。进入休眠期宜减少浇水。

可采用分球、分割块茎或播种繁殖。分球和分割块茎宜在早春进行，播种苗需栽培2~3年方可开花。

观赏指南

嘉兰花色鲜艳，花形奇特，花期长，也是优良的攀援植物。可种于阳台、棚架等处，在北方多于室内盆栽观赏。主要观赏部位为美丽的花朵。

（三十七）花烛

花烛又名红掌、安祖花。开花时，其佛焰苞直立开展，卵心形，似手指合并的手掌；而其花序先端黄色，似一支蜡烛插于鲜红色苞片上。火鹤花与之极为相似，但其株型较小，叶形较尖，为卵披针形，肉穗花序弯曲似鹤鸟的颈项。

时尚花语

热情奔放、新婚志喜。

选购要点

目前市场上花烛的盆栽品种众多，但抗寒性、开花性有较大差异，可根据栽培条件选择自己喜欢的花色品种。

养护诀窍

花烛喜高温、多湿、半阴的环境，不耐寒，生长适温为20~30℃，冬天最好不低于16℃，否则生长停止或形成不了佛焰苞；夏季高温也会导致生长不良。

花烛喜欢明亮的散射光，怕干旱和强光曝晒，春夏秋三

花烛

季均要遮光，冬季室内栽培时可不遮光。家养时，应放在南面窗户光线较强的地方。生长旺季应注意进行水分管理，夏季每天早晚各浇一次水，经常保持盆土湿润，并向叶面及其周围喷水，以维持较高的空气湿度，但不要将水喷到花上。

花烛喜肥沃、疏松和排水良好的土壤，可用园土、腐叶土、泥炭土按 1:2:1 的比例混合配制，并在混合土中加入少量腐熟的牛粪、鸡粪等农家肥作基肥。在生长季节（4~8 月），每个月应埋施少许花生麸或适当的颗粒肥，也可 1~2 周施一次液体复合肥。家

水晶花烛

养易受蜗牛、立枯病危害。

多用分株繁殖，结合春季换盆进行，只需选择有气生根的侧芽剪下栽种即可。

观赏指南

花烛花叶俱美，鲜艳夺目，佛焰苞和肉穗花序独特有趣，常用于家庭居室、客厅等的美化。

火鹤花

（三十八）地涌金莲

地涌金莲又名地金莲、地涌莲花、地藏五金、千瓣莲花等。花序直立、密集，由多枚苞片形成莲状的花序，呈莲座状集生于假茎上部，黄色，顶生或腋生，金光闪闪，恰似一朵盛开的莲花。

时尚花语

富贵吉祥、团结。

选购要点

地涌金莲较易栽培，可选择小苗自己种植，也可购买大型的成品株用于摆放。

养护诀窍

地涌金莲喜温暖、湿润和阳光充足的环境，越冬温度在5~10℃时不会受到冻害，低于1℃则应移入室内。夏季畏强光曝晒，光照过强时宜遮光或放阴棚下生长，冬季需充足阳光才能生长良好。喜排水良好、肥沃、疏松、湿润的壤土，在碱性土及贫瘠土中栽培生长不良，盆中积水或盆土过干亦不宜生长。在生长季节要多浇水，干旱季节要注意对叶

地涌金莲

面喷雾，雨季及休眠期要减少浇水，防止烂根。盆栽土可用塘泥或森林表土，用钙镁磷肥混合饼肥作基肥，在苗期施稀薄氮肥水一次，开花前施复合肥1~2次。家养易受介壳虫和煤污病危害。

可采用播种、分株繁殖。

观赏指南

地涌金莲叶色碧绿，花序硕大，花色金黄，形态奇特，别具一格，花期长达200多天，景观十分壮丽，是一种高档的庭园花卉，也适合盆栽观赏。主要观赏部位为美丽的花朵及巨大花茎。

地涌金莲（花）

（三十九）沙漠玫瑰

沙漠玫瑰又名天宝花、沙漠蔷薇等，是著名的盆栽观赏花卉。花色粉红或紫红色。

时尚花语

健康长寿。

选购要点

选择时要注意树干壮实，防止购买根茎已腐烂的植株。

养护诀窍

沙漠玫瑰喜高温干燥和阳光充足环境，耐酷暑，不耐寒，耐干旱，忌水湿。生长适温为22~30℃，冬季温度不低于10℃。小苗期需光性强，但夏季应适当遮阴。盆栽土以富钙质、排水好的沙壤土为宜，以肥沃、疏松的腐叶土和沙的混合土最好。生长期宜干不宜湿，夏季高温时每天浇一次水，平时每2~3天浇水

沙漠玫瑰（花）

一次。适当的干旱，有利于植株生长。每年施肥3~5次，以氮磷钾复合肥效果好。苗期至开花前以氮肥为主；成株在营养生长期要多施磷钾肥，少施氮肥，否则枝叶徒长、开花少。冬季干旱时进入休眠期，会正常落叶。汁液有毒，切勿进入口中和眼中。家养易受介壳虫、卷心虫和叶斑病、根腐病危害。

可采用播种、扦插、嫁接和压条繁殖。嫁接繁殖时可用夹竹桃作砧木。

观赏指南

沙漠玫瑰植株矮小，树形古朴苍劲，根茎肥大如酒瓶状，花朵鲜红妍丽，形似喇叭，花期长，树干和花朵均具有很高的观赏价值。盆栽观赏可装饰室内、阳台，别具一格。

沙漠玫瑰

（四十）天竺葵

天竺葵又名绣球花、洋绣球。花色有白、粉、桃红、肉红、大红、淡紫及二重色等，有单瓣和重瓣品种；还有彩叶变种，叶面嵌着黄、白、紫红等斑纹。

时尚花语

生活安康、友爱。

选购要点

可根据需要购买自己喜欢的花色品种。

养护诀窍

天竺葵性喜冷凉气候，冬怕严寒风干，夏怕酷暑湿热。生长适温为10~

花叶天竺葵

25℃，25℃以上时植株处于休眠或半休眠状态，冬季不应低于5℃。喜阳光，光照不足时不开花。喜欢通透性良好、富含有机质、疏松的中性土壤。耐干旱，忌水湿，盆土宜稍干，不可积水久湿和雨涝。天竺葵生长快，每年需换盆、增土、加肥一次，4月上旬发出新枝后，每周追施一次稀薄有机液肥，氮肥不宜过多。结合换盆进行适当短截修剪，使其株型丰满矮壮。家养易受红蜘蛛、粉虱和叶斑病、枯萎病危害。

可采用以扦插、播种繁殖，以春插成活率高。

观赏指南

天竺葵植株形状美观，花团锦簇，花期长，南北各地都能适应，花朵和叶片均有较高的观赏价值。在高温时节可摆放室外疏荫环境，寒冷时节宜于明亮室内观赏。

天竺葵

福建科技出版社部分园艺宠物类图书

兰花素心品鉴赏　23.50 元

兰花蝶花奇花鉴赏　23.50 元

兰花花叶多艺品鉴赏　18.00 元

兰花色花鉴赏　29.00 元

兰花瓣型花鉴赏　23.00 元

兰花新品精品　38.00 元

兰花新品稀品　48.00 元

中国兰花名品珍品鉴赏图典　88.00 元

兰花病虫害诊治图谱　17.00 元

养兰十日通　25.00 元

养兰新知　23.00 元

兰花栽培百家经验　39.50 元

图解花果盆景制作与养护　16.50 元

图解小型山水盆景制作与养护　14.60 元

图解小型树木盆景制作与养护　14.80 元

名家教你做水旱盆景　28.50 元

名家教你刻水仙　30.00 元

榕树盆景制作与名品鉴赏　33.00 元

看图养蝴蝶兰　22.00 元

看图养热带鱼　28.00 元

看图养仙人掌　26.50 元

看图养茶花　19.00 元

看图养爱犬　18.60 元

园林植物造型技艺　22.00 元

组合盆栽制作与养护　24.50 元

居家养花快易通　28.50 元

花卉病虫害诊治图谱　18.60 元

养只鹦鹉作伴儿　17.50 元

赛鸽饲养与训练　18.50 元

名贵金鱼饲养与观赏　19.00 元

热带鱼家养快易通　26.00 元

热带鱼家养小经验小窍门　估 18.00 元

水草造景与养护技艺　22.80 元

图解观叶植物栽培与观赏　24.00 元

图解洋兰栽培与观赏　26.00 元

图解菊花栽培与观赏　26.00 元

图解月季栽培与观赏　24.00 元

图解组合盆栽制作与观赏　26.00 元

地址:福州东水路 76 号 8 楼

　　　福建科技出版社发行科

电话:0591-87602964　87602907

网址:www. fjstp. com

邮编:350001

（邮购免收邮挂费）

图书在版编目(CIP)数据

时尚盆花养护/曾宋君编著. —福州:福建科学技术
出版社,2005.4
ISBN 7-5335-2493-4

Ⅰ.时…　Ⅱ.曾…　Ⅲ.盆栽－花卉－观赏园艺
Ⅳ.S68

中国版本图书馆 CIP 数据核字(2005)第 004010 号

书　　名　时尚盆花养护
编　　著　曾宋君
出版发行　福建科学技术出版社(福州市东水路 76 号,邮编 350001)
经　　销　各地新华书店
印　　刷　福建彩色印刷有限公司
开　　本　889 毫米×1194 毫米　1/24
印　　张　3.33
字　　数　50 千字
版　　次　2005 年 4 月第 1 版
印　　次　2005 年 4 月第 1 次印刷
印　　数　1—5 000
书　　号　ISBN 7-5335-2493-4/S·328
定　　价　22.80 元
　　　　　书中如有印装质量问题,可直接向本社调换